MANUEL RIVAS

¿Qué me quieres, amor?

punto de lectura

Título: ¿Qué me quieres, amor?
Título original: *¿Que me queres, amor?*
© 1995, Manuel Rivas
© Traducción: Dolores Vilavedra
© Santillana Ediciones Generales, S.L.
© De esta edición: mayo 2000, Suma de Letras, S.L.
Juan Bravo, 38. 28006 Madrid (España) www.puntodelectura.com

ISBN: 84-95501-10-4
Depósito legal: M-24.225-2004
Impreso en España – Printed in Spain

Diseño de cubierta: Sdl_b
Fotografía de cubierta: Escena de la película *La lengua
   de las mariposas* (1999) © Warner Sogefilms
Diseño de colección: Suma de Letras

Impreso por Mateu Cromo, S.A.

Décima edición: enero 2003
Undécima edición: junio 2003
Duodécima edición: enero 2004
Decimotercera edición: mayo 2004

011 / 01

MANUEL RIVAS

¿Qué me quieres, amor?

*A Yoyo, que dibuja
alpendres para soñar*

Índice

¿Qué me quieres, amor?

Amor, a ti veńh'ora queixar
de mia senhor, que te faz enviar
cada u dormio sempre m'espertar
e faz-me de gram coita sofredor.
Pois m'ela nom quere veer nem falar,
*que me queres, Amor?**

FERNANDO ESQUIO

* *Amor, a ti vengo ahora a quejarme / de mi señora, que te envía / donde yo duermo siempre a despertarme / y me hace sufridor de tan gran pena. / Ya que ella no me quiere ver ni hablar / ¿qué me quieres, Amor?*

Sueño con la primera cereza del verano. Se la doy y ella se la lleva a la boca, me mira con ojos cálidos, de pecado, mientras hace suya la carne. De repente, me besa y me la devuelve con la boca. Y yo que voy tocado para siempre, el hueso de la cereza todo el día rodando en el teclado de los dientes como una nota musical silvestre.

Por la noche: "Tengo algo para ti, amor".

Dejo en su boca el hueso de la primera cereza.

Pero en realidad ella no me quiere ver ni hablar.

Besa y consuela a mi madre, y luego se va hacia fuera. Miradla, ¡me gusta tanto cómo se mueve! Parece que siempre lleva los patines en los pies.

El sueño de ayer, el que hacía sonreír cuando la sirena de la ambulancia se abría camino hacia ninguna parte, era que ella patinaba entre plantas y porcelanas, en un salón acristalado, y venía a parar a mis brazos.

Por la mañana, a primera hora, había ido a verla al Híper. Su trabajo era surtir de cambio a las cajeras y llevar recados por las secciones. Para encontrarla, sólo tenía que esperar junto a la Caja Central. Y allí llegó ella, patinando con gracia por el pasillo encerado. Dio media vuelta para frenar, y la larga melena morena ondeó al compás de la falda plisada roja del uniforme.

"¿Qué haces por aquí tan temprano, Tino?"

"Nada". Me hice el despistado. "Vengo por comida para la *Perla*".

Ella siempre le hacía carantoñas a la perra. Excuso decir que yo lo tenía todo muy estudiado. El paseo nocturno de *Perla* estaba rigurosamente sometido al horario de llegada de Lola. Eran los minutos más preciosos del día, allí, en el portal del bloque Tulipanes, barrio de las Flores, los dos haciéndole carantoñas a *Perla*. A veces, fallaba, no aparecía a las 9.30 y yo prolongaba y prolongaba el paseo de la perra hasta que Lola surgiese en la noche, taconeando, corazón taconeando. En esas ocasiones me ponía muy nervioso y ella me parecía una señora, ¿de dónde vendría?, y yo un mocoso. Me cabreaba mucho conmigo mismo. En el espejo del ascensor veía el retrato de un tipo sin futuro, sin trabajo, sin coche, apalancado en el sofá tragando toda la mierda embutida de la tele, rebañando monedas por los cajones para comprar tabaco. En ese momento tenía la sensación de que era la *Perla* la que sostenía la correa para sacarme a pasear. Y si mamá preguntaba que por qué había tardado tanto con la perra, le decía cuatro burradas bien dichas. Para que aprendiese.

Así que había ido al Híper para verla y coger fuerzas. "La comida para perros está al lado de los pañales para bebés".

Se marchó sobre los patines, meciendo rítmicamente la melena y la falda. Pensé en el vuelo de esas aves emigrantes, garza o grulla, que se ven en los documentales de después de comer. Algún día, seguro, volvería para posarse en mí.

Todo estaba controlado. Dombo me esperaba en el aparcamiento del Híper con el buga afanado esa noche. Me enseñó el arma. La pesé en la mano. Era una pistola de aire comprimido, pero la pinta era impresionante. Metía respeto. Iba a parecer Robocop o algo así. Al principio habíamos dudado entre la pipa de imitación o recortar la escopeta de caza que había sido de su padre. "La recortada acojona más", había dicho Dombo. Yo había reflexionado mucho sobre el asunto. "Mira, Dombo, tiene que ser todo muy tranquilo, muy limpio. Con la escopeta vamos a parecer unos colgados, yonquis o algo así. Y la gente se pone muy nerviosa, y cuando la gente está nerviosa hace cosas raras. Todo el mundo prefiere profesionales. El lema es que cada uno haga su trabajo. Sin montar cristo, sin chapuzas. Como profesionales. Así que nada de recortada. La pistola da mejor presencia." A Dombo tampoco le convencía mucho lo de ir a cara descubierta. Se lo expliqué. "Tienen que tomarnos en serio, Dombo. Los profesionales no hacen el ridículo con medias en la cabeza." Era enternecedora la confianza que el grandullón de Dombo tuvo siempre en mí. Cuando yo hablaba, le brillaban los ojos. Si yo hubiese tenido en mí la confianza que Dombo me tenía, el mundo se habría puesto a mis pies.

Dejamos el coche en el mercado de Agra de Orzán y cogimos las bolsas de deportes. Al mediodía, y tal como habíamos calculado, la calle Barcelona, peatonal y comercial, estaba atestada de gente. Todo iba a ser muy sencillo. La puerta de la sucursal bancaria se abrió para una vieja e inmediatamente detrás entramos nosotros. Lo tenía todo muy ensayado. "Por favor, señores, no se alarmen. Esto es un atraco." Hice un gesto tranquilo con la pistola y toda la clientela se agrupó, en orden y silencio, en la esquina indicada. Un tipo voluntarioso insistía en darme su cartera, pero le dije que la guardase, que nosotros no éramos unos cacos. "Usted, por favor, llene las bolsas", le pedí a un empleado con aspecto eficiente. Lo hizo en un santiamén y Dombo, contagiado por el clima civilizado en que todo transcurría, le dio las gracias. "Ahora, para que no haya problemas, hagan el favor de no moverse en diez minutos. Han sido todos muy amables." Así que salimos como si aquello fuese una lavandería.

"¡Alto o disparo!"

Ante todo, mucha calma. Sigo andando como si no fuese conmigo. Uno, dos, tres pasos más y salir disparado. Demasiada gente. Dombodán no lo piensa. Se abre paso como un jugador de rugby. Y yo que estoy en otra película.

"¡Alto, cabrón, o disparo!"

Saco la pistola de la bolsa abierta y me vuelvo con parsimonia, apuntando con la derecha.

"¿Qué pasa? ¿Algún problema?"

El tipo que antes me había ofrecido la cartera. Plantado, con las piernas separadas y el revólver apuntándome firme, cogido con las dos manos. He aquí un profesional. Guarda jurado de paisano, seguro.

"No hagas el tonto, chaval. Suelta ese juguete."

Yo que sonrío, que digo nanay. Y le tiro la bolsa a los morros, toda la pasta por el aire, cayendo a cámara lenta. "¡Come mierda, cabrón!" Y echo a correr, la gente que se aparta espantada, qué desgracia, la gente que se aparta y deja un corredor maldito en la calle, un agujero que se abre, un túnel por delante, un agujero en la espalda. Quema. Como una picadura de avispa.

La sirena de la ambulancia. Sonrío. El enfermero que me mira perplejo porque estoy sonriendo. Lola patina entre rosanovas y azaleas, en un salón acristalado. Viene hacia mí. Me abraza. Es nuestra casa. Y me quiere dar esa sorpresa, sobre patines, meciendo la falda roja plisada al mismo tiempo que la melena, el beso de la cereza.

Por la noche, a través del cristal de la puerta, puedo leer el rótulo luminoso de Pompas Fúnebres: "Se ruega hablen en tono moderado para beneficio de todos"[*]. Dombo, el gi-

[*] En castellano en el original.

gantón leal de Dombo, estuvo aquí. "Lo siento en el acompañamiento"*, le dijo compungido a mi madre. No me digan que no es gracioso. Parece de Cantinflas. Para llorar de risa. Y me miró con lágrimas en los ojos. "Dombo, tonto, vete, vete de aquí, compra con la pasta una casa con salón acristalado y un televisor Trinitrón de la hostia de pulgadas". Y Dombo venga a llorar, con las manos en los bolsillos. Va a empaparlo todo. Lágrimas como uvas.

Y está Fa, la señora Josefa, la del piso de enfrente. Ella sí que supo siempre de qué iba la cosa. Su mirada era una eterna reprimenda. Pero le estoy agradecido. Nunca dijo nada. Ni para bien, ni para mal. Yo saludaba, "Buenos días, Fa", y ella refunfuñaba en bajo. Sabe todo lo que se cuece en el mundo. Pero no decía nada. Le ayudaba a mamá, eso era todo. Fumaba con ella un chéster por la noche, y bebían un *lágrima* de Porto, mientras yo manejaba el mando a distancia. Y ahora está así, sosteniendo a mamá. De vez en cuando, se vuelve hacia mí pero ya no me riñe con la mirada. Se persigna y reza. Una profesional.

Ya falta poco. En el rótulo luminoso puedo ver el horario de entierros. A las 12.30 en Feáns.

Lola se despide de mamá y va hacia la puerta de la sala del velatorio. Esa forma de andar. Parece que vuela incluso con zapatos. Garza o algo así. Pero ¿qué hace? De repente se vuelve,

---

* En castellano en el original.

patina hacia aquí con la falda plisada y queda posada en el cristal. Me mira con asombro, como si reparase en mí por vez primera.

"¿Impresionada, eh?"

"Pero Tino, ¿cómo fuiste capaz?"

Tiene ojos cálidos, de pecado, y la boca entreabierta.

Sueño con la primera cereza del verano.

La lengua de las mariposas

A Chabela

"¿Qué hay, Pardal? Espero que por fin este año podamos ver la lengua de las mariposas."

El maestro aguardaba desde hacía tiempo que les enviasen un microscopio a los de la Instrucción Pública. Tanto nos hablaba de cómo se agrandaban las cosas menudas e invisibles por aquel aparato que los niños llegábamos a verlas de verdad, como si sus palabras entusiastas tuviesen el efecto de poderosas lentes.

"La lengua de la mariposa es una trompa enroscada como un muelle de reloj. Si hay una flor que la atrae, la desenrolla y la mete en el cáliz para chupar. Cuando lleváis el dedo humedecido a un tarro de azúcar, ¿a que sentís ya el dulce en la boca como si la yema fuese la punta de la lengua? Pues así es la lengua de la mariposa."

Y entonces todos teníamos envidia de las mariposas. Qué maravilla. Ir por el mundo volando, con esos trajes de fiesta, y parar en flores como tabernas con barriles llenos de almíbar.

Yo quería mucho a aquel maestro. Al principio, mis padres no podían creerlo. Quiero decir que no podían entender cómo yo quería a mi maestro. Cuando era un pequeñajo, la escuela era una amenaza terrible. Una palabra que se blandía en el aire como una vara de mimbre.

"¡Ya verás cuando vayas a la escuela!"

Dos de mis tíos, como muchos otros jóvenes, habían emigrado a América para no ir de quintos a la guerra de Marruecos. Pues bien, yo también soñaba con ir a América para no ir a la escuela. De hecho, había historias de niños que huían al monte para evitar aquel suplicio. Aparecían a los dos o tres días, ateridos y sin habla, como desertores del Barranco del Lobo.

Yo iba para seis años y todos me llamaban Pardal. Otros niños de mi edad ya trabajaban. Pero mi padre era sastre y no tenía tierras ni ganado. Prefería verme lejos que no enredando en el pequeño taller de costura. Así pasaba gran parte del día correteando por la Alameda, y fue Cordeiro, el recogedor de basura y hojas secas, el que me puso el apodo: "Pareces un pardal*".

Creo que nunca he corrido tanto como aquel verano anterior a mi ingreso en la escuela. Corría como un loco y a veces sobrepasaba el límite de la Alameda y seguía lejos, con la mirada puesta en la cima del monte Sinaí, con la ilusión de que algún día me saldrían alas y podría llegar a Buenos Aires. Pero jamás sobrepasé aquella montaña mágica.

"¡Ya verás cuando vayas a la escuela!"

Mi padre contaba como un tormento, como si le arrancaran las amígdalas con la mano, la

---

* Gorrión (N. de la T.)

forma en que el maestro les arrancaba la jeada del habla, para que no dijesen *ajua* ni *jato* ni *jracias*. "Todas las mañanas teníamos que decir la frase *Los pájaros de Guadalajara tienen la garganta llena de trigo**. ¡Muchos palos llevamos por culpa de Juadalagara!" Si de verdad me quería meter miedo, lo consiguió. La noche de la víspera no dormí. Encogido en la cama, escuchaba el reloj de pared en la sala con la angustia de un condenado. El día llegó con una claridad de delantal de carnicero. No mentiría si les hubiese dicho a mis padres que estaba enfermo.

El miedo, como un ratón, me roía las entrañas.

Y me meé. No me meé en la cama, sino en la escuela.

Lo recuerdo muy bien. Han pasado tantos años y aún siento una humedad cálida y vergonzosa resbalando por las piernas. Estaba sentado en el último pupitre, medio agachado con la esperanza de que nadie reparase en mi presencia, hasta que pudiese salir y echar a volar por la Alameda.

"A ver, usted, ¡póngase de pie!"

El destino siempre avisa. Levanté los ojos y vi con espanto que aquella orden iba por mí. Aquel maestro feo como un bicho me señalaba con la regla. Era pequeña, de madera, pero a mí me pareció la lanza de Abd el Krim.

"¿Cuál es su nombre?"

---

* En castellano en el original.

"Pardal".

Todos los niños rieron a carcajadas. Sentí como si me golpeasen con latas en las orejas.

"¿Pardal?"

No me acordaba de nada. Ni de mi nombre. Todo lo que yo había sido hasta entonces había desaparecido de mi cabeza. Mis padres eran dos figuras borrosas que se desvanecían en la memoria. Miré hacia el ventanal, buscando con angustia los árboles de la Alameda.

Y fue entonces cuando me meé.

Cuando los otros chavales se dieron cuenta, las carcajadas aumentaron y resonaban como latigazos.

Huí. Eché a correr como un locuelo con alas. Corría, corría como sólo se corre en sueños cuando viene detrás de uno el Hombre del Saco. Yo estaba convencido de que eso era lo que hacía el maestro. Venir tras de mí. Podía sentir su aliento en el cuello, y el de todos los niños, como jauría de perros a la caza de un zorro. Pero cuando llegué a la altura del palco de la música y miré hacia atrás, vi que nadie me había seguido, que estaba a solas con mi miedo, empapado de sudor y meos. El palco estaba vacío. Nadie parecía fijarse en mí, pero yo tenía la sensación de que todo el pueblo disimulaba, de que docenas de ojos censuradores me espiaban tras las ventanas y de que las lenguas murmuradoras no tardarían en llevarles la noticia a mis padres. Mis piernas decidieron por mí. Caminaron hacia el Sinaí con una determinación desconocida hasta entonces. Esta vez llegaría hasta Coruña y embarcaría de polizón en uno de esos barcos que van a Buenos Aires.

Desde la cima del Sinaí no se veía el mar, sino otro monte aún más grande, con peñascos recortados como torres de una fortaleza inaccesible. Ahora recuerdo con una mezcla de asombro y melancolía lo que logré hacer aquel día. Yo solo, en la cima, sentado en la silla de piedra, bajo las estrellas, mientras que en el valle se movían como luciérnagas los que con candil andaban en mi busca. Mi nombre cruzaba la noche a lomos de los aullidos de los perros. No estaba impresionado. Era como si hubiese cruzado la línea del miedo. Por eso no lloré ni me resistí cuando apareció junto a mí la sombra recia de Cordeiro. Me envolvió con su chaquetón y me cogió en brazos. "Tranquilo, Pardal, ya pasó todo".

Aquella noche dormí como un santo, bien arrimado a mi madre. Nadie me había reñido. Mi padre se había quedado en la cocina, fumando en silencio, con los codos sobre el mantel de hule, las colillas amontonadas en el cenicero de concha de vieira, tal como había sucedido cuando se murió la abuela.

Tenía la sensación de que mi madre no me había soltado la mano durante toda la noche. Así me llevó, cogido como quien lleva un serón, en mi regreso a la escuela. Y en esta ocasión, con el corazón sereno, pude fijarme por vez primera en el maestro. Tenía la cara de un sapo.

El sapo sonreía. Me pellizcó la mejilla con cariño. "Me gusta ese nombre, Pardal". Y aquel pellizco me hirió como un dulce de café. Pero lo más increíble fue cuando, en medio de un silencio absoluto, me llevó de la mano hacia su mesa y me sentó en su silla. Él permaneció de pie, cogió un libro y dijo:

"Tenemos un nuevo compañero. Es una alegría para todos y vamos a recibirlo con un aplauso." Pensé que me iba a mear de nuevo por los pantalones, pero sólo noté una humedad en los ojos. "Bien, y ahora vamos a empezar un poema. ¿A quién le toca? ¿Romualdo? Venga, Romualdo, acércate. Ya sabes, despacito y en voz bien alta."

A Romualdo los pantalones cortos le quedaban ridículos. Tenía las piernas muy largas y oscuras, con las rodillas llenas de heridas.

Una tarde parda y fría...

"Un momento, Romualdo, ¿qué es lo que vas a leer?"

"Una poesía, señor."

"¿Y cómo se titula?"

"*Recuerdo infantil*. Su autor es don Antonio Machado."

"Muy bien, Romualdo, adelante. Con calma y en voz alta. Fíjate en la puntuación."

El llamado Romualdo, a quien yo conocía de acarrear sacos de piñas como niño que era de Altamira, carraspeó como un viejo fumador de picadura y leyó con una voz increíble, espléndida, que parecía salida de la radio de Manolo Suárez, el indiano de Montevideo.

Una tarde parda y fría
de invierno. Los colegiales
estudian. Monotonía
de lluvia tras los cristales.
Es la clase. En un cartel
se representa a Caín
fugitivo y muerto Abel,
junto a una mancha carmín...

"Muy bien. ¿Qué significa *monotonía de lluvia*, Romualdo", preguntó el maestro.

"Que llueve sobre mojado, don Gregorio".

"¿Rezaste?", me preguntó mamá, mientras planchaba la ropa que papá había cosido durante el día. En la cocina, la olla de la cena despedía un aroma amargo de nabiza.

"Pues sí", dije yo no muy seguro. "Una cosa que hablaba de Caín y Abel".

"Eso está bien", dijo mamá, "no sé por qué dicen que el nuevo maestro es un ateo".

"¿Qué es un ateo?"

"Alguien que dice que Dios no existe". Mamá hizo un gesto de desagrado y pasó la plancha con energía por las arrugas de un pantalón.

"¿Papá es un ateo?"

29

Mamá apoyó la plancha y me miró fijamente.

"¿Cómo va a ser papá un ateo? ¿Cómo se te ocurre preguntar esa bobada?"

Yo había oído muchas veces a mi padre blasfemar contra Dios. Lo hacían todos los hombres. Cuando algo iba mal, escupían en el suelo y decían esa cosa tremenda contra Dios. Decían las dos cosas: me cago en Dios, me cago en el demonio. Me parecía que sólo las mujeres creían realmente en Dios.

"¿Y el demonio? ¿Existe el demonio?"

"¡Por supuesto!"

El hervor hacía bailar la tapa de la cacerola. De aquella boca mutante salían vaharadas de vapor y gargajos de espuma y verdura. Una mariposa nocturna revoloteaba por el techo alrededor de la bombilla que colgaba del cable trenzado. Mamá estaba enfurruñada como cada vez que tenía que planchar. La cara se le tensaba cuando marcaba la raya de las perneras. Pero ahora hablaba en un tono suave y algo triste, como si se refiriese a un desvalido.

"El demonio era un ángel, pero se hizo malo".

La mariposa chocó con la bombilla, que se bamboleó ligeramente y desordenó las sombras.

"Hoy el maestro ha dicho que las mariposas también tienen lengua, una lengua finita y muy larga, que llevan enrollada como el muelle de un reloj. Nos la va a enseñar con un aparato que le tienen que enviar de Madrid. ¿A que parece mentira eso de que las mariposas tengan lengua?"

"Si él lo dice, es cierto. Hay muchas cosas que parecen mentira y son verdad. ¿Te ha gustado la escuela?"

"Mucho. Y no pega. El maestro no pega."

No, el maestro don Gregorio no pegaba. Al contrario, casi siempre sonreía con su cara de sapo. Cuando dos se peleaban durante el recreo, él los llamaba, "parecéis carneros", y hacía que se estrecharan la mano. Después los sentaba en el mismo pupitre. Así fue como conocí a mi mejor amigo, Dombodán, grande, bondadoso y torpe. Había otro chaval, Eladio, que tenía un lunar en la mejilla, al que le hubiera zurrado con gusto, pero nunca lo hice por miedo a que el maestro me mandase darle la mano y que me cambiase del lado de Dombodán. La forma que don Gregorio tenía de mostrarse muy enfadado era el silencio.

"Si vosotros no os calláis, tendré que callarme yo".

Y se dirigía hacia el ventanal, con la mirada ausente, perdida en el Sinaí. Era un silencio prolongado, descorazonador, como si nos hubiese dejado abandonados en un extraño país. Pronto me di cuenta de que el silencio del maestro era el peor castigo imaginable. Porque todo lo que él tocaba era un cuento fascinante. El cuento podía comenzar con una hoja de papel, después de pasar por el Amazonas y la sístole y diástole del corazón. Todo conectaba, todo tenía sentido. La hierba, la lana, la oveja, mi frío. Cuando el maestro se dirigía hacia el mapamundi, nos quedábamos atentos como si se iluminase la pantalla del cine Rex. Sentíamos el miedo de los indios cuando escucharon por vez primera el relinchar de los caballos y el estampido del arcabuz. Íbamos a lomos de los elefantes de Aníbal de Cartago por las nieves de los Alpes, camino de Roma. Luchábamos con palos y piedras en Ponte Sampaio* contra las tropas de Napoleón. Pero no todo eran guerras. Fabricábamos hoces y rejas de arado en las herrerías del Incio. Escribíamos cancioneros de amor en la Provenza y en el mar de Vigo. Construíamos el Pórtico de la Gloria. Plantábamos las patatas que habían venido de América. Y a América emigramos cuando llegó la peste de la patata.

"Las patatas vinieron de América", le dije a mi madre a la hora de comer, cuando me puso el plato delante.

"¡Qué iban a venir de América! Siempre ha habido patatas", sentenció ella.

"No, antes se comían castañas. Y también vino de América el maíz." Era la primera vez que tenía clara la sensación de que gracias al maestro yo sabía cosas importantes de nuestro mundo que ellos, mis padres, desconocían.

Pero los momentos más fascinantes de la escuela eran cuando el maestro hablaba de los

---

* Lugar emblemático de la provincia de Pontevedra en el que durante la guerra de Independencia las tropas gallegas derrotaron a las francesas, mandadas por el mariscal Ney.

bichos. Las arañas de agua inventaban el submarino. Las hormigas cuidaban de un ganado que daba leche y azúcar y cultivaban setas. Había un pájaro en Australia que pintaba su nido de colores con una especie de óleo que fabricaba con pigmentos vegetales. Nunca me olvidaré. Se llamaba el tilonorrinco. El macho colocaba una orquídea en el nuevo nido para atraer a la hembra.

Tal era mi interés que me convertí en el suministrador de bichos de don Gregorio y él me acogió como el mejor discípulo. Había sábados y festivos que pasaba por mi casa e íbamos juntos de excursión. Recorríamos las orillas del río, las gándaras, el bosque y subíamos al monte Sinaí. Cada uno de esos viajes era para mí como una ruta del descubrimiento. Volvíamos siempre con un tesoro. Una mantis. Un caballito del diablo. Un ciervo volante. Y cada vez una mariposa distinta, aunque yo sólo recuerdo el nombre de una a la que el maestro llamó Iris, y que brillaba hermosísima posada en el barro o el estiércol.

Al regreso, cantábamos por los caminos como dos viejos compañeros. Los lunes, en la escuela, el maestro decía: "Y ahora vamos a hablar de los bichos de Pardal".

Para mis padres, estas atenciones del maestro eran un honor. Aquellos días de excursión, mi madre preparaba la merienda para los dos: "No hace falta, señora, yo ya voy comido", insistía don Gregorio. Pero a la vuelta decía: "Gracias, señora, exquisita la merienda".

"Estoy segura de que pasa necesidades", decía mi madre por la noche.

"Los maestros no ganan lo que tendrían que ganar", sentenciaba, con sentida solemnidad, mi padre. "Ellos son las luces de la República".

"¡La República, la República! ¡Ya veremos adónde va a parar la República!"

Mi padre era republicano. Mi madre, no. Quiero decir que mi madre era de misa diaria y los republicanos aparecían como enemigos de la Iglesia. Procuraban no discutir cuando yo estaba delante, pero a veces los sorprendía.

"¿Qué tienes tú contra Azaña? Eso es cosa del cura, que os anda calentando la cabeza."

"Yo voy a misa a rezar", decía mi madre.

"Tú sí, pero el cura no".

Un día que don Gregorio vino a recogerme para ir a buscar mariposas, mi padre le dijo que, si no tenía inconveniente, le gustaría tomarle las medidas para un traje.

"¿Un traje?"

"Don Gregorio, no lo tome a mal. Quisiera tener una atención con usted. Y yo lo que sé hacer son trajes."

El maestro miró alrededor con desconcierto.

"Es mi oficio", dijo mi padre con una sonrisa.

"Respeto mucho los oficios", dijo por fin el maestro.

Don Gregorio llevó puesto aquel traje durante un año, y lo llevaba también aquel día de julio de 1936, cuando se cruzó conmigo en la Alameda, camino del ayuntamiento.

"¿Qué hay, Pardal? A ver si este año por fin podemos verle la lengua a las mariposas."

Algo extraño estaba sucediendo. Todo el mundo parecía tener prisa, pero no se movía. Los que miraban hacia delante, se daban la vuelta. Los que miraban para la derecha, giraban hacia la izquierda. Cordeiro, el recogedor de basura y hojas secas, estaba sentado en un banco, cerca del palco de la música. Yo nunca había visto a Cordeiro sentado en un banco. Miró hacia arriba, con la mano de visera. Cuando Cordeiro miraba así y callaban los pájaros, era que se avecinaba una tormenta.

Oí el estruendo de una moto solitaria. Era un guardia con una bandera sujeta en el asiento de atrás. Pasó delante del ayuntamiento y miró para los hombres que conversaban inquietos en el porche. Gritó: "¡Arriba España!" Y arrancó de nuevo la moto dejando atrás una estela de explosiones.

Las madres empezaron a llamar a sus hijos. En casa, parecía que la abuela se hubiese muerto otra vez. Mi padre amontonaba colillas en el cenicero y mi madre lloraba y hacía cosas sin sentido, como abrir el grifo de agua y lavar los platos limpios y guardar los sucios.

Llamaron a la puerta y mis padres miraron el pomo con desazón. Era Amelia, la vecina, que trabajaba en casa de Suárez, el indiano.

"¿Sabéis lo que está pasando? En Coruña, los militares han declarado el estado de guerra. Están disparando contra el Gobierno Civil."

"¡Santo Cielo!", se persignó mi madre.

"Y aquí", continuó Amelia en voz baja, como si las paredes oyesen, "dicen que el alcalde llamó al capitán de carabineros, pero que éste mandó decir que estaba enfermo".

Al día siguiente no me dejaron salir a la calle. Yo miraba por la ventana y todos los que pasaban me parecían sombras encogidas, como si de repente hubiese llegado el invierno y el viento arrastrase a los gorriones de la Alameda como hojas secas.

Llegaron tropas de la capital y ocuparon el ayuntamiento. Mamá salió para ir a misa, y volvió pálida y entristecida, como si hubiese envejecido en media hora.

"Están pasando cosas terribles, Ramón", oí que le decía, entre sollozos, a mi padre. También él había envejecido. Peor aún. Parecía que hubiese perdido toda voluntad. Se había desfondado en un sillón y no se movía. No hablaba. No quería comer.

"Hay que quemar las cosas que te comprometan, Ramón. Los periódicos, los libros. Todo."

Fue mi madre la que tomó la iniciativa durante aquellos días. Una mañana hizo que mi padre se arreglara bien y lo llevó con ella a misa. Cuando regresaron, me dijo: "Venga, Moncho, vas a venir con nosotros a la Alameda". Me trajo la ropa de fiesta y mientras me ayudaba a anudar la corbata, me dijo con voz muy grave: "Recuerda esto, Moncho. Papá no era republicano. Papá no era amigo del alcalde. Papá no hablaba mal de los curas. Y otra cosa muy importante, Moncho. Papá no le regaló un traje al maestro."

"Sí que se lo regaló".

"No, Moncho. No se lo regaló. ¿Has entendido bien? ¡No se lo regaló!"

"No, mamá, no se lo regaló".

Había mucha gente en la Alameda, toda con ropa de domingo. También habían bajado algunos grupos de las aldeas, mujeres enlutadas, paisanos viejos con chaleco y sombrero, niños con aire asustado, precedidos por algunos hombres con camisa azul y pistola al cinto. Dos filas de soldados abrían un pasillo desde la escalinata del ayuntamiento hasta unos camiones con remolque entoldado, como los que se usaban para transportar el ganado en la feria grande. Pero en la Alameda no había el bullicio de las ferias, sino un silencio grave, de Semana Santa. La gente no se saludaba. Ni siquiera parecían reconocerse los unos a los otros. Toda la atención estaba puesta en la fachada del ayuntamiento.

Un guardia entreabrió la puerta y recorrió el gentío con la mirada. Luego abrió del todo e hizo un gesto con el brazo. De la boca oscura del edificio, escoltados por otros guardias, salieron los detenidos. Iban atados de pies y manos, en silente cordada. De algunos no sabía el nombre, pero conocía todos aquellos rostros. El alcalde, los de los sindicatos, el bibliotecario del ateneo Resplandor Obrero, Charli, el vocalista de la Orquesta Sol y Vida, el cantero al que llamaban Hércules, padre de Dombodán... Y al final de la cordada, chepudo y feo como un sapo, el maestro.

Se escucharon algunas órdenes y gritos aislados que resonaron en la Alameda como petardos. Poco a poco, de la multitud fue saliendo un murmullo que acabó imitando aquellos insultos.

"¡Traidores! ¡Criminales! ¡Rojos!"

"Grita tú también, Ramón, por lo que más quieras, ¡grita!" Mi madre llevaba a papá cogido del brazo, como si lo sujetase con todas sus fuerzas para que no desfalleciera. "¡Que vean que gritas, Ramón, que vean que gritas!"

Y entonces oí cómo mi padre decía: "¡Traidores!" con un hilo de voz. Y luego, cada vez más fuerte, "¡Criminales! ¡Rojos!". Soltó del brazo a mi madre y se acercó más a la fila de los soldados, con la mirada enfurecida hacia el maestro. "¡Asesino! ¡Anarquista! ¡Comeniños!"

Ahora mamá trataba de retenerlo y le tiró de la chaqueta discretamente. Pero él estaba fuera de sí. "¡Cabrón! ¡Hijo de mala madre!" Nunca le había oído llamar eso a nadie, ni siquiera al árbitro en el campo de fútbol. "Su madre no tiene la culpa, ¿eh, Moncho?, recuerda eso". Pero ahora se volvía hacia mí enloquecido y me empujaba con la mirada, los ojos llenos de

lágrimas y sangre. "¡Grítale tú también, Mon-
chiño, grítale tú también!"

Cuando los camiones arrancaron, cargados
de presos, yo fui uno de los niños que corrieron
detrás, tirando piedras. Buscaba con desesperación el rostro del maestro para llamarle traidor y
criminal. Pero el convoy era ya una nube de polvo a lo lejos y yo, en el medio de la Alameda, con
los puños cerrados, sólo fui capaz de murmurar
con rabia: "¡Sapo! ¡Tilonorrinco! ¡Iris!"

Un saxo en la niebla

Uno

Un hombre necesitaba dinero con urgencia para pagarse un pasaje a América. Este hombre era amigo de mi padre y tenía un saxofón. Mi padre era carpintero y hacía carros del país con ruedas de roble y eje de aliso. Cuando los hacía, silbaba. Inflaba las mejillas como pechos de petirrojo y sonaba muy bien, a flauta y violín, acompañado por la percusión noble de las herramientas en la madera. Mi padre le hizo un carro a un labrador rico, sobrino de cura, y luego le prestó el dinero al amigo que quería ir a América. Este amigo había tocado tiempo atrás, cuando había un sindicato obrero y este sindicato tenía una banda de música. Y se lo regaló a mi padre el día en que se embarcó para América. Y mi padre lo depositó en mis manos con mucho cuidado, como si fuera de cristal.

—A ver si algún día llegas a tocar el *Francisco alegre, corazón mío*.

Le gustaba mucho aquel pasodoble.

Yo tenía quince años y trabajaba de peón de albañil en la obra de Aduanas, en el puerto de Coruña. Mi herramienta era un botijo. El agua de la fuente de Santa Margarida era la más apreciada por los hombres. Iba por ella muy despacio, mirando los escaparates de los comercios y de la fábrica de Chocolate Exprés en la Plaza de Lugo. Había también una galería con tres jaulas de pájaros de colores y un ciego que vendía el cupón y le decía piropos a las lecheras. A veces, tenía que hacer cola en la fuente porque había otros chicos con otros botijos y que venían de otras obras. Nunca hablábamos entre nosotros. De regreso a la obra, caminaba deprisa. Los obreros bebían el agua y yo volvía a caminar hacia la fuente, y miraba el escaparate de la fábrica de Chocolate Exprés, y la galería con las tres jaulas de pájaros, y paraba delante del ciego que ahora le decía piropos a las pescaderas.

Cuando hacía el último viaje del día y dejaba el botijo, cogía el maletín del saxo.

Durante dos horas, al anochecer, iba a clases de música con don Luis Braxe, en la calle de Santo Andrés. El maestro era pianista, tocaba en un local nocturno de *varietés* y se ganaba la vida también así, con aprendices. Dábamos una hora de solfeo y otra con el instrumento. La primera vez me dijo: "Cógelo así, firme y con cariño, como si fuera una chica". No sé si lo hizo adrede, pero aquélla fue la lección más importante de mi vida. La música tenía que tener el rostro de una mujer a la que enamorar. Cerraba los ojos para imaginarla, para ponerle color a su pelo y a sus ojos, pero supe que mientras sólo saliesen de mi saxo rebuznos de asno, jamás existiría esa chica. Durante el día, en el ir y venir a la fuente de Santa Margarida, caminaba embrujado con mi botijo, solfeando por lo bajo, atento sólo a las mujeres que pasaban. Como el ciego del cupón.

Llevaba poco más de un año de música con don Luis cuando me pasó una cosa extraordinaria. Después de salir de clase, me paré ante el escaparate de Calzados Faustino, en el Cantón. Estaba allí, con mi maletín, mirando aquellos zapatos como quien mira una película de Fred Astaire, y se acercó un hombre muy grandote, calvo, la frente enorme como el dintel de una puerta.

—¿Qué llevas ahí, chaval? —me preguntó sin más.

—¿Quién, yo?

—Si, tú. ¿Es un instrumento, no?

Tan ancho y alto, embestía con la cabeza y llevaba los largos brazos caídos, como si estuviera cansado de tirar de la bola del mundo.

—Es un saxo.

—¿Un saxo? Ya decía yo que tenía que ser un saxo. ¿Sabes tocarlo?

Recordé la mirada paciente del maestro. Vas bien, vas bien. Pero había momentos en que don Luis no podía disimular y la desazón asomaba en sus ojos como si, en efecto, yo hubiese dejado caer al suelo una valiosa pieza de vidrio.

—Sí, claro que sabes —decía ahora aquel extraño que nunca me había escuchado tocar—. Seguro que sabes.

Así entré en la Orquesta Azul. Aquel hombre se llamaba Macías, era el batería y un poco el jefe. Necesitaba un saxo para el fin de semana y allí lo tenía. Para mis padres no había duda. Hay que subirse al caballo cuando pasa ante uno.

—¿Sabes tocar el *Francisco alegre*? ¿Sabes, verdad? Pues ya está.

Me había dado una dirección para acudir al ensayo. Cuando llegué allí, supe que ya no había marcha atrás. El lugar era el primer piso de la fábrica de Chocolate Exprés. De hecho, la Orquesta Azul tenía un suculento contrato publicitario.

Chocolate Exprés
¡Ay qué rico es!

Había que corear esa frase tres o cuatro veces en cada actuación. A cambio, la fábrica nos daba una tableta de chocolate a cada uno. Hablo del año 49, para que se me entienda. Había temporadas de insípidos olores, de caldo, de mugre, de pan negro. Cuando llegabas a casa con chocolate, los ojos de los hermanos pequeños se encendían como candelas ante un santo. Sí, qué rico era el Chocolate Exprés.

Desde allende los mares,
el crepúsculo en popa,
la Orquesta Azul.
¡La Orquesta Azul!

En realidad, la Orquesta Azul no había pasado la Marola[*]. Había actuado una vez en Ponferrada, eso sí. Pero era la forma garbosa de presentarse por aquel entonces. América era un sueño, también para las orquestas gallegas. Corría la leyenda de que si conseguías un contrato para ir a tocar a Montevideo y Buenos Aires, podías volver con sombrero y con ese brillo sano que se le pone a la cara cuando llevas la cartera llena. Si yo fuera con el botijo, tardaría día y noche en recorrer una avenida de Buenos Aires y el agua criaría ranas. Eso me lo dijo uno de la obra. Muchas orquestas llevaban nombre americano. Había la orquesta Acapulco, que era de la parte de la montaña, y se presentaba así:

Tintintín, tirititín...
Nos dirigimos a nuestro distinguido público en
castellano ya que el gallego lo hemos olvidado después
de nuestra última gira por Hispanoamérica.
¡Maníiiii!
Si te quieres un momento divertir,
cómprate un cucuruchito de maní...

---

[*] En la confluencia que forman las entradas de las rías de Ferrol, Ares, Mugardos, Pontedeume, Sada y Betanzos se levanta un peñasco rodeado de mar y conocido como Pena da Marola. El encuentro de diversas corrientes en ese punto provoca habitualmente que el mar esté muy agitado, por lo que la sabiduría popular dictamina que "O que pasou a Marola pasou a mar toda" ("Quien atravesó la Marola, atravesó todo el mar").

También había orquestas que llevaban el traje de mariachi. La cosa mejicana siempre gustó mucho en Galicia. En todas las canciones había un caballo, un revólver y una mujer con nombre de flor. ¿Qué más necesita un hombre para ser el rey?

La Orquesta Azul también le daba a los corridos. Pero el repertorio era muy variado: boleros, cumbias, pasodobles, cuplés, polcas, valses, jotas gallegas, de todo. Una cosa seria. Ocho hombres en el palco, con pantalón negro y camisas de color azul con chorreras de encaje blanco y vuelos en las mangas.

Macías trabajaba durante la semana en Correos. Lo imaginaba poniendo sellos y tampones como quien bate en platos y bombos. El vocalista se llamaba Juan María. Era barbero. Un hombre con mucha percha. Muchas chicas se consumían por él.

—¿Bailas conmigo, Juan María?

—¡Vete a paseo, perica!

Y también estaba Couto, que era contrabajo y durante la semana trabajaba en una fundición. A este Couto, que padecía algo del vientre, el médico le había mandado comer sólo papillas. Pasó siete años seguidos a harina de maíz y leche. Un día, en carnaval, llegó a casa y le dijo a su mujer: "Hazme un cocido, con lacón, chorizo y todo. Si no me muero así, me muero de hambre." Y le fue de maravilla.

El acordeonista, Ramiro, era reparador de radios. Un hombre de oído finísimo. Llegaba al ensayo, presentaba una pieza nueva y luego decía: "Ésta la cogí por el aire". Siempre decía eso, la cogí por el aire, acompañándose de un gesto con la mano, como si atrapara un puñado de mariposas. Aparte de su instrumento, tocaba la flauta de caña con la nariz. Un vals nasal. Era un número extra que impresionaba al público, tanto como el burro sabio de los titiriteros. Pero a mí lo que me gustaba era una de sus canciones misteriosas cogidas por el aire y de la que recuerdo muy bien el comienzo.

Aurora de rosa en amanecer
nota melosa que gimió el violín
novelesco insomnio do vivió el amor.

Y estaba también el trompeta Comesaña, el trombón Paco y mi compañero, el saxo tenor, don Juan. Un hombre mayor, muy elegante, que cuando me lo presentaron me pasó la mano por la cabeza como si me diese la bendición.

Se lo agradecí. Dentro de nada, iba a ser mi debut. En Santa Marta de Lombás, según informó Macías.

—Sí, chaval —asintió Juan María—. ¡Santa Marta de Lombás, irás y no volverás!

Dos

El domingo, muy temprano, cogimos el tren de Lugo. Yo iba, más que nervioso, en las

49

nubes, como si todavía no hubiese despertado y el tren fuese una cama voladora. Todos me trataban como un hombre, como un colega, pero tenía la sensación de que por la noche había encogido, de que había encogido de la cabeza a los pies, y que todo en mí disminuía, incluso el hilo de voz, al tiempo que se agrandaba lo de fuera. Por ejemplo, las manos de Macías, enormes y pesadas como azadas. Miraba las mías y lo que veía eran las de mi hermana pequeña envolviendo una espiga de maíz como un bebé. ¡Dios! ¿Quién iba a poder con el saxo? Quizás la culpa de todo la tenía aquel traje prestado que me quedaba largo. Me escurría en él como un caracol.

Nos bajamos en la estación de Aranga. Era un día de verano, muy soleado. El delegado de la comisión de fiestas de Santa Marta de Lombás ya nos estaba esperando. Se presentó como Boal. Era un hombre recio, de mirada oscura y mostacho grande. Sujetaba dos mulas en las que cargó los instrumentos y el baúl en el que iban los trajes de verbena. Uno de los animales se revolvió, asustado por el estruendo de la batería. Boal, amenazador, se le encaró con el puño a la altura de los ojos.

—¡Te abro la crisma, *Carolina*! ¡Sabes que lo hago!

Todos miramos el puño de Boal. Una enorme maza peluda que se blandía en el aire. Por fin, el animal agachó manso la cabeza.

Nos pusimos en marcha por un camino fresco que olía a cerezas y con mucha fiesta de pájaros. Pero luego nos metimos por una pista polvorienta, abierta en un monte de brezos y tojos. Ya no había nada entre nuestras cabezas y el fogón del sol. Nada, excepto las aves de rapiña. El palique animado de mis compañeros fue transformándose en un rosario de bufidos y éstos fueron seguidos de blasfemias sordas, sobre todo cuando los zapatos acharolados, enharinados de polvo, tropezaban en los pedruscos. En cabeza, recio y con sombrero, Boal parecía tirar a un tiempo de hombres y mulas.

El primero en lanzar una piedra fue Juan María.

—¿Visteis? ¡Era un lagarto, un lagarto gigante!

Al poco rato, todos arrojaban piedras a los vallados, rocas o postes de la luz, como si nos rodeasen cientos de lagartos. Delante, Boal mantenía implacable el paso. De vez en cuando se volvía a los rostros sudorosos y decía con una sonrisa irónica: "¡Ya falta poco!".

—¡La puta que los parió!

Cuando aparecieron las picaduras de los tábanos, las blasfemias se hicieron oír como estallidos de petardos. La Orquesta Azul, asada por las llamaradas del sol, llevaba las corbatas en la mano y las abanicaba como las bestias el rabo para espantar los bichos. Para entonces, el baúl que cargaba una de las mulas parecía el féretro de un difunto. En el cielo ardiente planeaba un milano.

¡Santa Marta de Lombás, irás y no volverás!

Nada más verse el campanario de la parroquia, la Orquesta Azul recompuso enseguida su aspecto. Los hombres se anudaron las corbatas, se alisaron los trajes, se peinaron, y limpiaron y abrillantaron los zapatos con un roce magistral en la barriga de la pierna. Los imité en todo.

Sonaron para nosotros las bombas de palenque.

¡Han llegado los de la orquesta!

Si hay algo que uno disfruta la primera vez es la vanidad de la fama, por pequeña e infundada que sea. Los niños, revoloteando como mariposas a nuestro alrededor. Las mujeres, con una sonrisa de geranios en la ventana. Los viejos asomando a la puerta como cucos de un reloj.

¡La orquesta! ¡Han llegado los de la orquesta!

Saludamos como héroes que resucitan a los muertos. Me crecía. El pecho se me llenaba de aire. Pero, de repente, comprendí. Nosotros éramos algo realmente importante, el centro del mundo. Y volví a encogerme como un caracol. Me temblaban las piernas. El maletín del saxo me pesaba como robado a un mendigo. Me sentía un farsante.

Hicimos un alto en el crucero y Macías posó su brazo de hierro en mi hombro.

—Ahora, chaval, nos van a llevar a las casas en las que nos alojan. Tú no tengas reparo. Si tienes hambre, pides de comer. Y que la cama sea buena. Ése es el trato.

Y luego se dirigió sentencioso a Boal: "El chaval que esté bien atendido".

—Eso está hecho —respondió el hombre, sonriendo por primera vez—. Va a dormir en casa de Boal. En mi casa.

En la planta baja estaban también los establos, separados de la cocina por pesebres de piedra, así que lo primero que vi fueron las cabezas de las vacas. Engullían la hierba lamiéndola como si fuera una nube de azúcar. Por el suelo de la cocina habían extendido broza. Había un humo de hogar que picaba un poco en los ojos y envolvía todo en una hora incierta. En el extremo de la larguísima mesa cosía una muchacha que no dejó su trabajo ni siquiera cuando el hombre puso cerca de ella la caja del saxo.

—¡Café, nena!

Se levantó sin mirarnos y fue a coger un cazo del fregadero. Luego lo colocó en la trébede e, inclinándose y soplando lentamente, con la sabiduría de una vieja, avivó el fuego. Fue entonces cuando noté con asombro rebullir el suelo, cerca de mis pies. Había conejos royendo la broza, con las orejas tiesas como hojas de eucalipto. El hombre se debió de dar cuenta de mi trastorno.

—Hacen muy buen estiércol. Y buenos asados.

Boal me enseñó, con orgullo, el ganado de casa. Había seis vacas, una pareja de bueyes, un caballo, las dos mulas que habían traído nuestro equipaje, cerdos y equis gallinas. Así lo dijo: *equis* gallinas. El caballo, me explicó, sabía sumar y restar. Le preguntó cuánto eran dos y dos y él golpeó cuatro veces en el suelo con el casco.

—Aquí no vas a pasar hambre, chaval. A ver, nena, trae el bizcocho. Y el queso. Mmm. No me digas que no quieres. Nadie dice que no en casa de Boal.

Fue entonces, con la fuente de comida en la mano, cuando pude verla bien por vez primera. Miraba hacia abajo, como si tuviese miedo de la gente. Era menuda pero con un cuerpo de mujer. Los brazos remangados y fuertes, de lavandera. El pelo recogido en una trenza. Ojos rasgados. Alargué la mano para coger algo. ¿Qué me pasaba? ¡Cielo santo! ¿Qué haces tú aquí, chinita? Era como si siempre hubiese estado en mi cabeza. Aquella niña china de la *Enciclopedia escolar*. La miraba, hechizado, mientras el maestro hablaba de los ríos que tenían nombres de colores. El Azul, el Amarillo, el Rojo. Quizá China estaba allí, poco después de Santa Marta de Lombás.

—No habla —dijo en voz alta Boal—. Pero oye. Oír sí que oye. A ver, nena, muéstrale al músico la habitación de dormir.

La seguí por las escaleras que llevaban al piso alto. Ella mantenía la cabeza gacha, incluso cuando abrió la puerta de la habitación. La verdad es que no había mucho que ver. Una silla, una mesilla con crucifijo y una cama con una colcha amarilla. También un calendario de una ferretería con una imagen del Sagrado Corazón.

—Bien, está muy bien —dije. Y palpé la cama por mostrar un poco de interés. El colchón era duro, de hojas de mazorca.

Me volví. Ella estaba a contraluz y parpadeé. Creo que sonreía. Bien, muy bien, repetí, buscando su mirada. Pero ahora ella volvía a tener los ojos clavados en alguna parte de ningún lugar.

Con el traje de corbata, la Orquesta Azul se reunió en el atrio. Teníamos que tocar el himno español en la misa mayor, en el momento en que el párroco alzaba el Altísimo. Con los nervios, yo cambiaba a cada momento de tamaño. Ya en el coro, sudoroso con el apretón, me sentí como un gorrión desfallecido e inseguro en una rama. El saxo era enorme. No, no iba a poder con él. Y ya me caía, cuando noté en la oreja un aliento salvador. Era Macías, hablando bajito.

—Tú no soples, chaval. Haz que tocas y ya está.

Y eso mismo fue lo que hice en la sesión vermú, ya en el palco de la feria. Era un pequeño baile de presentación, antes de que la gente fuese a comer. Cuando perdía la nota, dejaba de soplar. Mantenía, eso sí, el vaivén, de lado a lado, ese toque de onda al que Macías daba tanta importancia.

—Hay que hacerlo bonito —decía.

¡Qué tipos los de la Orquesta Azul! Tenía la íntima sospecha de que nos lloverían piedras en el primer palco al que había subido con ellos. ¡Eran tan generosos en sus defectos! Pero pronto me llevé una sorpresa con aquellos hombres que cobraban catorce duros por ir a tocar al fin del mundo. "¡Arriba, arriba!", animaba Macías. Y el vaivén revivía, y se enredaban todos en un ritmo que no parecía surgir de los instrumentos sino de la fuerza animosa de unos braceros.

Yo te he de ver y te he de ver y te he de ver
aunque te escondas y te apartes de mi vista.

Intentaba ir al mismo ritmo que ellos, por lo menos en el vaivén. Por momentos, parecía que un alma aleteaba virtuosa sobre mí, y me sorprendía a mí mismo con un buen sonido, pero enseguida el alma de la orquesta huía como un petirrojo asustado por un rebuzno.

Fui a comer a casa de Boal y de la muchacha menuda con ojos de china.

Desde luego, no iba a pasar hambre.

Boal afiló el cuchillo en la manga de su brazo, como hacen los barberos con la navaja en el cuero y luego, de una tajada, cortó en dos el lechón de la fuente. Me estremeció aquella brutal simetría, sobre todo cuando descubrí que una de las mitades, con su oreja y su ojo, era para mí.

—Gracias, pero es mucho.

—Un hombre es un hombre y no una gallina —sentenció Boal sin dejar salida, como si resumiese la historia de la Humanidad.

—¿Y ella? —pregunté buscando alguna complicidad.

—¿Quién? —dijo él con verdadera sorpresa y mirando alrededor con el rabo del lechón en la mano. Hasta que se fijó en la muchacha, sentada a la luz de la ventana del fregadero—. ¡Bah! Ella ya comió. Es como un pajarito.

Durante unos minutos masticó de forma voraz, por si en el aire hubiese quedado alguna duda de lo que había que hacer con aquel cerdo.

—Vas a ver algo curioso —dijo de repente, después de limpiar la boca con aquella manga tan útil—. ¡Ven aquí, nena!

La chiquita vino dócil a su lado. Él la cogió por el antebrazo con el cepo de su mano. Temí que se quebrase como un ala de ave en las manos de un carnicero.

—¡Date la vuelta! —dijo al tiempo que la hacía girar y la ponía de espaldas hacia mí.

Ella llevaba una blusa blanca y una falda estampada de dalias rojas. La larga trenza le caía hasta las nalgas, rematada por un lazo de mariposa. Boal empezó a desabotonar la blusa. Asistí atónito a la escena, sin entender nada, mientras el hombre forcejeaba torpemente con los botones, que se le escurrían entre las manos rugosas como bolitas de mercurio en el corcho de un alcornoque.

Por fin, abrió la blusa a lo largo de la espalda.

—¡Mira, chico! —exclamó con intriga Boal.

Yo estaba hechizado por aquel lazo de mariposa y el péndulo de la trenza.

—¡Mira aquí! —repitió él, señalando con el índice una flor rosa en la piel.

Cicatrices. Había por lo menos seis manchas de ésas.

—¿Sabes lo que es esto? —preguntó Boal.

Yo sentía pudor por ella y una cobardía que me atenazaba la garganta. Me gustaría ser uno de aquellos conejos con orejas puntiagudas como hojas de eucalipto.

Negué con la cabeza.

—¡El lobo! —exclamó Boal—. ¿Nunca habías oído hablar de la niña del lobo? ¿No? Pues aquí la tienes. ¡La niña del lobo!

Aquella situación extraña y desagradable entró repentinamente en el orden natural de los cuentos. Me levanté y me acerqué sin pudor para mirar bien las cicatrices en la espalda desnuda.

—Aún se ven las marcas de los dientes —dijo Boal, como si recordase por ella.

—¿Cómo fue? —pregunté por fin.

—¡Anda, vístete! —le dijo a la muchacha. Y con un gesto me invitó a volver a mi asiento—. Ella tenía cuatro años. Fui a cuidar el ganado y la llevé conmigo. Había sido un invierno rabioso. ¡Sí, señor! ¡Un invierno realmente duro! Y los lobos, hambrientos, me la jugaron. ¡Carajo si me la jugaron!

Aparte de lo que había pasado con la niña, Boal, por lo visto, estaba personalmente muy dolido con los lobos.

—Fue una conjura. Estábamos en un prado que lindaba con el bosque. Uno de los cabrones se dejó ver en el claro y huyó hacia el monte bajo. Los perros corrieron rabiosos detrás de él. Y yo fui detrás de los perros. La dejé allí, sentadita encima de un saco. Fue cosa de minutos. Cuando volví, ya no estaba. ¡Cómo me la jugaron los cabrones!

Aquel hombre era dueño de una historia. Lo único que yo podía hacer era esperar a que la desembuchara cuanto antes.

—Nadie entiende lo que pasó... Se salvó porque no la quiso matar. Ésa es la única explicación. El que la atrapó no la quiso matar. Sólo la mordió en la espalda. Podía hacerlo en el cuello y adiós, pero no. Los viejos decían que ésas eran mordeduras para que no llorara, para que no avisara a la gente. Y vaya si le hizo caso. Quedó muda. Nunca más volvió a hablar. La encontramos en una madriguera. Fue un milagro.

—¿Y cómo se llama?

—¿Quién?

—Ella, su hija.

—No es mi hija —dijo Boal, muy serio—. Es mi mujer.

Tres

—Se engancha de las cosas. Queda embobada. Como algo le llame la atención, ya no lo suelta.

Noté el calor en mis mejillas. Me sentía rojo como el fuego. Ella, mi esquiva chinita, no dejaba de mirarme. Había bajado de la habitación preparado para la verbena, con la camisa de chorreras.

—Es por el traje —dijo algo despectivo Boal. Y después se dirigió a ella para gritar—: ¡Qué bobita eres!

Aquellos ojos de luz verdosa me iban a seguir toda la noche, para mi suerte, como dos luciérnagas. Porque yo también me enganché de ellos.

La verbena era en el campo de la feria, adornada de rama en rama, entre los robles, con algunas guirnaldas de papel y nada más. Cuando oscureció, las únicas luces que iluminaban el baile eran unos candiles colgados a ambos lados del palco y en el quiosco de las bebidas. Por lo demás, la noche había caído con un tul de niebla montañesa que envolvía los árboles con enaguas y velos. Según pasaba el tiempo, se hacía más espesa y fue arropando todo en una cosa fantasmal, de la que sólo salían, abrazados y girando con la música, las parejas más alegres, enseguida engullidas una vez más por aquel cielo tendido a ras del suelo.

Ella sí que permanecía a la vista. Apoyada en un tronco, con los brazos cruzados, cubiertos los hombros con un chal de lana, no dejaba de mirarme. De vez en cuando, Boal surgía de la niebla como un inquieto pastor de ganado. Lanzaba a su alrededor una mirada de advertencia, de navaja y aguardiente. Pero a mí me daba igual.

Me daba igual porque huía con ella. Íbamos solos, a lomos del caballo que sabía sumar, por los montes de Santa Marta de Lombás, irás y no volverás. Y llegábamos a Coruña, a Aduanas, y mi padre nos estaba esperando con dos pasajes del barco para América, y todos los albañiles aplaudían desde el muelle, y uno de ellos nos ofrecía el botijo para tomar un trago, y le daba también de beber al caballo que sabía sumar.

Macías, pegado a mi oreja, me hizo abrir los ojos.

—¡Vas fenomenal, chaval! ¡Tocas como un negro, tocas como Dios!

Me di cuenta de que estaba tocando sin preocuparme de si sabía o no. Todo lo que había que hacer era dejarse ir. Los dedos se movían solos y el aire salía del pecho sin ahogo, empujado por un fuelle singular. El saxo no me pesaba, era ligero como flauta de caña. Yo sabía que había gente, mucha gente, bailando y enamorándose entre la niebla. Tocaba para ellos. No los veía. Sólo la veía a ella, cada vez más cerca.

Ella, la Chinita, que huía conmigo mientras Boal aullaba en la noche, cuando la niebla se despejaba, de rodillas en el campo de la feria y con el chal de lana entre las pezuñas.

La lechera de Vermeer

Claro que nunca podré pagar lo que mi madre hizo por mí, ni nunca seré capaz de escribir algo comparable al *Correio* que Miguel Torga fechó en Coímbra el 3 de septiembre de 1941.

—*"Filho"*...
E o que a seguir se lê
É de uma tal pureza e um tal brilho,
Que até da minha escuridão se vê[*].

Mi madre era lechera. Tiraba de un carrito con dos grandes jarras de zinc. La leche que repartía era la de las vacas de mi abuelo Manuel, de Corpo Santo, a una docena de kilómetros de la ciudad. Este abuelo mío, cuando era joven, tuvo un día en la mano la pluma de escribir del párroco y dijo: "¡Qué letra más bonita tendría si supiese escribir!". Y aprendió a hacerlo con una hermosa letra de formas vegetales. Por encargo de las familias, hizo cientos de cartas a emigrantes. En su escritorio vi por vez primera, en postal, la Estatua de la Libertad, las Cataratas del

---

[*] *En portugués en el original. "'Hijo'... / Y lo que a continuación se lee / es de una tal pureza y un tal brillo / que hasta desde mi oscuridad se ve."*

Iguazú y un jinete gaucho por la Pampa. Nosotros vivíamos en el barrio de Monte Alto de Coruña, en un bajo de la calle de Santo Tomás, tan bajo que había cucarachas que se refugiaban en las baldosas movidas. A veces jugaba contra ellas, situándolas en el ejército enemigo. Yo conocía el miedo, pero no el terror. Voy a contarles cómo entré en contacto con el terror. Mi madre la lechera se va con su carrito y sus jarras de zinc. Estoy jugando con mi hermana María. De repente, escuchamos estallidos y un gran alboroto en la calle. Nos asomamos a la ventana del bajo para ver qué pasa. Pegados al cristal, descubrimos el terror. El terror viene hacia nosotros. Mi madre nos encontró abrazados y llorando en el baño. El terror era el Rey Cabezudo.

En 1960 yo tengo tres años. Por la tarde, escucho los cánticos de los presos en el patio de la cárcel. Por la noche, los destellos de la Torre de Hércules giran como aspas cósmicas sobre la cabecera de la cama. La luz del faro es un detalle importante para mí: mi padre está al otro lado del mar, en un sitio que llaman La Guaira.

Tengo tres años. Lo recuerdo todo muy bien. Mejor que lo que ha ocurrido hoy, antes de comenzar esta historia. Incluso recuerdo lo que los otros aseguran que no sucedió. Por ejemplo. Mi padrino, no sé cómo lo ha conseguido, trae un pavo para la fiesta de Navidad. La víspera, el animal huye hacia el monte de la Torre de Hércules. Todos los vecinos lo persiguen. Cuando están a punto de pillarlo, el pavo echa a volar de una forma imposible y se pierde en el mar como un ganso salvaje. Ésa fue una de las cosas que yo vi y no sucedieron.

En 1992 fui a Amsterdam por vez primera. Aquel viaje tan deseado era para mí una especie de peregrinación. Estaba ansioso por ver *Los comedores de patatas*. Ante aquel cuadro de misterioso fervor, el más hondamente religioso de cuantos he visto, la verdadera representación de la Sagrada Familia, reprimí el impulso de arrodillarme. Tuve miedo de llamar la atención como un turista excéntrico, de esos que pasean por una catedral con gafas de sol y pantalón bermudas. En castellano hay dos palabras: *hervor* y *fervor*. En gallego sólo hay una: *fervor*. La luz del hervor de la fuente de patatas asciende hacia la tenue lámpara e ilumina los rostros de la familia campesina que miran con fervor el sagrado alimento, el humilde fruto de la tierra. También fui al Rijksmuseum y allí encontré *La lechera* de Vermeer.

El embrujo de *La lechera*, pintado en 1660, radica en la luz. Expertos y críticos han escrito textos muy sugerentes sobre la naturaleza de esa luminosidad, pero la última conclusión es siempre un interrogante. Es lo que llaman el misterio de Vermeer. Antes de ir a parar al Rijksmuseum, tuvo varios propietarios. En 1798 fue vendido por un tal Jan Jacob a un tal J. Spaan por un precio de 1.500 florines. En el inventario se hace la siguiente observación: "La luz, entrando por una ventana en el lateral, da una impresión milagrosamente natural".

Ante esa pintura, yo tengo tres años. Conozco a aquella mujer. Sé la respuesta al enigma de la luz.

Hace siglos, madre, en Delft, ¿recuerdas?,
tú vertías la jarra en casa de Johannes
Vermeer, el pintor, el marido de Catharina Bolnes,
hija de la señora María Thins, aquella estirada,
que tenía otro hijo medio loco,
Willem, si mal no recuerdo,
el que deshonró a la pobre Mary Gerrits,
la criada que ahora abre la puerta
para que entres tú, madre,
y te acerques a la mesa del rincón
y con la jarra derrames mariposas de luz
que el ganado de los tuyos apacentó
en los verdes y sombríos tapices de Delft.
La misma que yo soñé en el Rijksmuseum,
Johannes Vermeer encalará con leche
esas paredes, el latón, el cesto, el pan,
tus brazos,
aunque en la ficción del cuadro
la fuente luminosa es la ventana.
La luz de Vermeer, ese enigma de siglos,
esa claridad inefable sacudida de las manos de Dios,
leche por ti ordeñada en el establo oscuro,
a la hora de los murciélagos.

Cuando le di a leer el poema a mi madre, ni siquiera pestañeó. Me sentí inseguro. Aunque hablaba de la luz, quizá era demasiado oscuro. Fui a un estante y cogí un libro sobre Vermeer, el de John Michael Montias, en el que venía una reproducción de *La lechera*. Esta vez, mi madre pareció impresionada. Miró la estampa durante mucho tiempo sin hablar. Después guardó el poema y se fue.

Días más tarde, mi madre volvió de visita a nuestra casa. Traía, como acostumbra, huevos de sus gallinas, y patatas, cebollas y lechugas de su huerta. Ella siempre dice: "Vayas donde vayas, lleva algo". Antes de despedirse, dijo: "He traído también una cosa para ti". Abrió el bolso y sacó un papel blanco doblado como un pañuelo de encaje. El papel envolvía una foto. Mi madre explicó que había ido de casa en casa de sus hermanas para poder recuperarla.

La foto era de soltera. Anterior a 1960 pero muy posterior, desde luego, a 1660. Mi madre no recuerda quién fue el fotógrafo. Sí recuerda la casa, la dueña de mal carácter, el hijo medio loco y la criada que abría la puerta. Era una chica muy guapa, de cerca de Culleredo. "Un día fui y me abrió otra. A ella la habían despedido, pero yo nunca supe el porqué." En su mirada había una pregunta: "¿Y tú cómo supiste lo de la pobre Mary?". Luego sentenció: "Tras los pobres anda siempre la guadaña".

Por el contrario, mi madre no le daba ninguna importancia a que la mujer del cuadro y la de la foto se pareciesen tanto como dos gotas de leche.

Solo por ahí

No tuvo la sensación de despertar sino de salir de un sopor de tila templada. Ma estaba allí, al pie de la cama, aguijoneándolo con aquellos ojos de perra sonámbula.

—¡Cielo santo! ¿Dónde se metería?

—Tranquila, mujer.

Habían esperado por él hasta las cuatro de la mañana, dando vueltas en torno al teléfono y con un nervio eléctrico tendido por el pasillo hasta la cerradura de la puerta.

—¡Si hubiésemos llamado antes! —se quejaba ella—. A lo mejor, está en casa de Ricky. O de Mini. Sí, seguro que en la de Mini. Me dijo que sus padres les dejan ensayar hasta tarde. Viven en un dúplex, claro.

—Por mucho dúplex que tengan no creo que les dejen armar follón por la noche. ¡Angelitos*, ni que tocaran nanas!

Ella cruzó los brazos y buscó algo que mirar en el muro opaco de la noche.

—De eso te quería hablar, Pa. Creo... creo que deberíamos procurar que estuviese más a gusto en casa.

---

* En castellano en el original.

73

—¿A gusto? ¿A qué te refieres? ¡Si tiene toda la casa para él! El otro día llegué y había aquí, aquí mismo, en la sala, cuatro mocosos comiendo pizza y viendo un vídeo de tipos y tipas que se cortaban piernas y brazos con una sierra eléctrica. ¡Manda carajo! ¿Por qué no ven pelis porno? ¡Me llevaría una alegría...!

—Son así. Hay que entenderlos.

—¿Entenderlos? ¿Sabes lo que le dije? Oye, de puta madre esa película. ¿La última de Walt Disney? Eso fue lo que le dije. ¿Duro, eh?

—Le pareció fatal. Dijo que habías sido un borde, que siempre le tomabas el pelo delante de sus amigos.

—¿Y qué quieres que haga? ¿A ver? ¡Unas hostias! Eso es lo que yo tenía que hacer. Darle unas buenas hostias.

—¡Por favor, Pa!

—A mí me las dio mi padre un día que le dije mierda. ¡Vete a la mierda! Yo ya era un mozo, no creas. Y me metió una bofetada que casi me tumba. Le estaré agradecido toda la vida. Me aclaró las ideas.

—Él nunca te mandó a la mierda.

—No. Eso es cierto. Me dijo "¡Muérete!". Pero nunca me mandó a la mierda...

Eran las cuatro de la mañana y a esa hora ya no podían llamar por teléfono a los padres de Ricky o de Mini. Sería como entrar sin permiso en casa ajena con los zapatos llenos de barro. Intentó convencerla de que lo mejor era ir a dormir un poco.

—No pasa nada, ya verás. Estará a punto de llegar. O se quedaría a dormir en casa de sus amigos. Hay que descansar, anda.

—Acuéstate tú. Mañana tienes que conducir. ¿Quieres una tila?

Ahora eran las siete y ella estaba allí, con las ojeras de la mujer que atiende el guardarropa en un club nocturno.

Le pedía sin hablar que hiciese algo, antes de que se quedase sola y el pasillo se convirtiese en un largo embudo.

—Todavía es un poco temprano. Tranquila. Esperamos media hora y llamamos.

Se vistió y se afeitó. Mojó la cabeza más de lo normal y se peinó para atrás, alisando con las manos. Tomó un café solo y sintió en la cabeza el combate con la tila, el encontronazo de un viajante acelerado con un vagabundo que iba a pie por el borde de la calzada. Fue el viajante quien se puso en pie y se dirigió hacia el teléfono, seguido por una mujer al acecho.

—Disculpa que llame a estas horas. Soy Armando, el padre de Miro. ¿Quería... quería saber si se quedó a dormir por ahí?

—...

—¿No? Vale, perdonad, ¿eh?

—...

—No, no pasa nada. Era por si...

—...

—Claro, claro, estará por ahí. Gracias y perdona, ¿eh?

Nada, dijo. Y marcó otro número, el de los padres de Mini. No contestaban y volvió a marcar.

—Nada. Para éstos debe de ser muy temprano.

Cogió a la mujer por los hombros y le dio un beso. Toda ella parecía tan leve como su camisón.

—Llama tú dentro de media hora. Yo ahora tengo que irme. Ya voy muy retrasado. Venga, venga, tranquila. A ver, alegra esa cara. Venga, una sonrisa. Venga, mujer, venga. Así me gusta. Estamos en contacto, ¿eh?

Antes de marcharse, se asomó a la habitación de su hijo. Sobre la almohada había un arlequín de trapo con la cabeza de porcelana. Otros días le daba risa aquel detalle infantil, pero hoy hizo un gesto de desagrado. La expresión del muñeco le parecía inquietante. Una sonrisa doliente y triste. En la pared, en el póster más grande y visible, estaba aquel tipo, Steven Tyler, líder de Aerosmith. Murmuró: "¿Qué, qué pasa, tío?". La boca todavía más grande que la de Mick Jagger. Greñas muy largas y alborotadas. El pecho desnudo, con dos grandes colmillos colgando de un collar. De pantalón, una malla ceñida, como piel de felino, que le marcaba el paquete con descaro. De hecho, pensó, todo el personaje es un descaro. Por vez primera le asaltó la duda de que aquel póster estaba allí por él. Tenía su misma edad. ¿O no? Steven Tyler era más viejo. Cuando Miro se lo dijo, se había quedado mudo.

Pasó por el almacén y repasó la mercancía. Cargó los cinco maletones. Se puso en camino. Cuando ya llevaba un trecho, notó un aviso. Siempre le hacía caso a su instinto. Tenía que llevar otra maleta de *Superbreasts*. Pensó en llamar desde allí a casa, pero cambió de idea. Si no había noticias de Miro, iba a aumentar la alarma. Acabaría estropeando el día y la cosa no estaba para bromas. Pensó en la competencia. Si el mocoso supiera lo que es la vida...

Conducía a contracorriente. En dirección a la ciudad, en lenta formación, los coches del carril contrario cabeceaban como ganado impaciente. Paró en la gasolinera de Bens, antes de meterse en la autopista de Carballo. Mientras le llenaban el depósito, miró el muestrario de casetes para consumo rápido de automovilistas. Una mezcla de cosas de siempre, con tapas descoloridas por el sol. Los corridos mejicanos de Javier Solís. Antonio Molina. Carlos Gardel. Chistes verdes. Los Chunguitos. Fuxan os ventos. Ana Belén & Víctor Manuel. Julio Iglesias. Orquesta Compostela. Y allí, en el medio, como una maldita casualidad tramada por un guionista de películas, la portada de una vaca con un tatuaje en el pernil, Aerosmith, y un aro de metal clavado en una mama. *Get a trip*.

—Me llevo esto también —dijo, señalando la casete.

Hoy haría todo el recorrido por la costa, por lo menos hasta Ribeira. Tenía que cronometrar bien y detenerse el tiempo justo en cada tienda. En Carballo paró en la corsetería Lucy. La dueña del comercio rebuscaba entre unas prendas y tardó en responder a sus buenos días. Paciencia, pensó él, la vieja acaba de abrir los ojos y, además, tiene malas pulgas.

—La veo muy bien, señora.

—No me venga con pamplinas a estas horas.

—A quien madruga, Dios le ayuda.

—¿Dios? Esto es un desastre. Una calamidad.

—Pasó febrero. ¡Ya verá ahora!

—No necesito nada. Nada de nada —dijo con un gesto rotundo de las manos, como si quisiera echarlo.

—Usted sabe que no la engaño. ¿La he engañado alguna vez? Le digo que una cosa se va a vender y se vende, ¿o no?

—También se iban a vender los *panties* en el invierno. ¿Quiere saber una cosa? Hay *panties* ahí para calentarle la boca de abajo a media España.

—Me encanta verla enfadada. Se parece, se parece a... ¿Cómo se llama esta actriz? ¡Liz Taylor!

—Sí, ya. No necesito nada.

—Quiero que vea una cosa, sólo una cosa. ¿Se imagina algo mejor que el *Wonderbra*, pero a mitad de precio? ¿A que no me cree?

—No. A ver.

—No la engaño. Mire esto. El mejor sujetador del mercado. Realza el pecho, pero no es una armadura. Toque, toque. ¡Viene la primavera, Lucy, viene la primavera!

Siguió la ruta por Malpica. Y luego Ponteceso, Laxe, Baio, Vimianzo, Camariñas, Muxía, Cee, Corcubión, Fisterra. La cosa iba yendo. ¡Menos mal que había traído un extra de *Superbreasts*! Gracias, corazón, sexto sentido, que no me fallas. Habría que comer algo. Miró el reloj. De repente, sintió una bofetada, una bofetada más fuerte que aquella de su padre. ¡Cielo santo! Pero qué bestia, qué cabrón soy. Corrió, corrió como loco hacia la cabina de teléfono.

—¿Ma? ¿Eres tú, Ma?

—...

—Perdona, perdona, por Dios. Tuve problemas, de verdad, Ma, créeme, una complicación.

—...

—No, nada. Una avería. ¿Y el chico? ¿Apareció Miro?

—...

—¿No apareció?

—...

—Bueno, mujer. Si llamó, ya está. ¿Qué le pasó? ¿Le pasó algo?

—...

—Sí, voy a hablar con él. Voy a hablar con él muy en serio. Tú tranquila. Yo me encargo de que esto no vuelva a pasar. Anda, ahora duerme un poco. Descansa. Ya te llamaré. Todavía tengo mucho curro por delante. Descansa, ¿eh?

Al salir de la cabina, en el muelle de Fisterra, se fijó en el mar por primera vez en todo el día. El sol de marzo le daba un brillo duro, de metal de acero. Regresó a la cabina y volvió a marcar.

—¿Ma? Soy yo. Perdona, ¿eh? Perdona que no llamara antes. No sé que me pasó.

—...

—Todo irá bien. Ya verás. Todo irá bien. Un beso muy grande. Y descansa, ¿eh?

Por la tarde, en la playa de Corrubedo, un grupo de chicos y chicas haciendo surf. Los miró con envidia. No por él, sino por su hijo. Le gustaría que él estuviese así, con aquellos trajes ceñidos y de colores vivos. Alegres, sanos, seguramente ricos, luchando con el mar bravo, deslizándose con suavidad sobre la cresta de las olas. Bueno, pensó, él no tiene mal corazón. Y parece que toca bien, a su manera. Saldrá adelante. También yo salí.

Dio por finalizada la jornada en Ribeira. Estaba contento. En la lencería Flor de Piel le compraron la última partida de *Superbreasts* y también de bragas *Basic Instinct*. El tipo de la competencia, aquel vendedor achulapado, con más anillos que dedos, de corbata excesiva como ramo de gladiolos, iba a quedar con un palmo de narices cuando llegase mañana. Se la jugó por sorpresa y el que da primero da dos veces. Estaba contento y cansado. Cuando cerró el maletero del coche, sintió que sus párpados también se dejarían abatir con gusto. Decidió tomar un café y llamar desde el bar.

—Hola, Ma. ¿Cómo va eso?

—...

—Bien. Dile que se ponga.

—...

—¿Cómo que no le diga nada?

—...

—¿Que no le grite? Tú eres peor que él. Unas hostias, eso es lo que necesita ese mocoso.

—...

—¿Que no lo va a hacer más? ¡Pues menos mal!

—...

—Claro, claro. ¡Qué delicadeza por su parte! ¿Y dónde pasó la noche?

—...

—¿Solo por ahí?

Hubo un silencio entre ellos, como si por el túnel del teléfono se escuchara el eco de los pasos de un caminante insomne y solitario, y el repique de una gotera. Miró de reojo. Toda la clientela del bar estaba pendiente del resumen deportivo en la televisión.

—¿Cómo que solo por ahí? ¿Durmió en un portal o qué? En algún sitio dormiría.

—...

—¿Que no durmió?

—...

—No, no me amargo. ¿Qué hace ahora?

—...

—¿Traía hambre, eh?

—...

—Eso está bien.

—...

—Ma, dile, dile que... ¡Bah! No le digas nada.

—...

—En Ribeira.

—...

—No, no llueve.

—...

—Cuelgo. No te preocupes por la cena. Ya picaré algo de la nevera.

—...

—Buenas noches, Ma.

—...

—Sí, iré despacio.

Antes de encender el coche, respiró hondo. Los primeros neones se encendían desganados y las farolas tenían aún una luz tullida. "Solo y por ahí", murmuró. De todo lo sucedido, aquello fue lo que más lo había perturbado. Escuchaba los pasos de Miro por un túnel. Llevaba la cara maquillada de blanco como un arlequín. Aquella imagen le dolía. Preferiría mil veces que hubiese estado de parranda con los amigos y amaneciese fumando una china de hachís en la playa.

Por enésima vez en el día puso la cinta de Aerosmith. Aquel regalo para Miro. Después, volviéndose hacia Steven Tyler, que iba de copiloto, hizo un gesto de complicidad.

—Será mejor que conduzcas tú.

Le pesaban los ojos como las puertas de un maletero infinito.

Ustedes serán muy felices

El doctor Freire se arrodilló en reverente silencio sobre la almohada de musgo, como si aquel peñascal fuese un altar, y una pila sagrada la fuente donde empozaba el agua. De camino hacia aquel lugar, y de la mano de Fina, sentía un antiguo placer de oboe y arpa que amansaba el apremiante reloj de su vida de especialista en trasplante de corazón. Pero hoy el ritual tenía un valor añadido.

—Aquí es donde nace —dijo en inglés, girando hacia sus invitados.

Su rostro resplandecía de orgullo, como si fuese el destinatario de una confidencia bíblica. Aquel fragmento del Génesis era de su propiedad. El agua burbujeaba en el lecho arenoso, entre hilas de hierba y centelleos de mica, y fluía por sus venas de hombre antes de descender entre alisos. En aquel instante era su corazón el que bombeaba el riachuelo hacia el valle de Amoril.

El doctor Freire admiraba al doctor Kimball. En cierta manera, aquella invitación era una ofrenda de gratitud. Acababa de conocerlo en persona, en un congreso médico que los había reunido en Santiago de Compostela. Pero durante años había leído todos sus libros, todos sus informes, y estaba al corriente de sus experiencias pioneras en la sustitución en los trasplantes de órganos vivos por equivalentes sintéticos. Gran parte de su saber médico lo había tomado prestado de aquel hombre que trabajaba al otro lado del océano. Muchas de sus dudas habían encontrado solución en la terminal informática, gracias a ideas aportadas desde la lejanía por alguien con quien hoy compartía el *chac chac tsuit chac* de la tarabilla, esa inquieta pregunta que queda suspensa en el anochecer. El doctor Kimball era una eminencia en su campo, un hombre de prestigio internacional, y al doctor Freire le parecía un milagro verlo allí, ahora reclinado él también sobre la pila, con los ojos muy abiertos, como un monje budista que interpreta el pestañear silencioso de las burbujas.

Cuando el médico norteamericano y su esposa Ellen acogieron con simpatía la propuesta de pasar el fin de semana en su pazo de Amoril, antes de regresar a Houston, el doctor Freire sintió una mezcla de sorpresa y halago. Al darle la noticia a Fina ya sentía el efecto excitante del licor de la vanidad, una reacción que saborearon juntos al tratar de los preparativos, y lo hacían sin disimular el uno con el otro, porque les parecía que la ocasión merecía un disfrute abierto y goloso, como si fuese una fortuna traída por el azar. Así, él pensaba ya en el impacto entre colegas de un preámbulo del tipo: "Tal como me dijo el doctor Kimball en mi casa de Amoril...". Y ella, Fina, aunque más con los pies en la tierra, sumergida ya en las preocupaciones de anfitriona, se precipitó a realizar unas selectas llamadas telefónicas que calculaba tendrían un efecto semejante a una nota de sociedad en el periódico *El Correo Gallego*.

Así que allí estaba el famoso doctor Kimball, sentado ahora ante la *lareira**, con un vaso con dos dedos de whisky, mientras Freire colocaba en hábil pirámide la leña y encendía fuego con la solemnidad de quien presenta un número de magia. Al otro lado de la sala Fina buscaba palabras en su balbuceante inglés para explicarle a Ellen que el cuadro que miraban representaba el mundo como una mascarada de carnaval, *like a carnaval*, y que su autor, Laxeiro, era el más cotizado del país.

Fue ella, Fina, quien encendió las luces, como inducida por la observación de Ellen ante el cuadro.

—Es muy hermoso... y también muy extraño.

Sí, pensó Fina, es un carnaval misterioso y oscuro. En realidad, nunca le había gustado aquel cuadro. Tenía algo de inquietante y deforme que le resultaba molesto. Preferiría una cosa con más color y placentera. Un paisaje como los que se pintaban antes. Algo bonito de verdad,

---

* Piedra o piedras que forman la cocina rústica. Se encuentran un poco elevadas sobre el nivel del suelo y sobre ellas se enciende el fuego. Normalmente están cubiertas a una cierta altura por una campana de piedra. *(N. de la T.)*

con las cosas en su sitio, donde los campos fueran verdes, los tejados rojos y el cielo azul. Pero aquél era un cuadro de valor. Todo el mundo que entendía de pintura se lo decía. Un valor que, aseguraban los entendidos, se multiplicaría en el futuro, cuando el autor fuese uno de esos difuntos que parrandeaban en el lienzo.

La oscuridad venía también de fuera. La noche invernal había caído de repente y enlutaba los cristales de las ventanas. Cuando Fina encendió las lámparas, su marido se volvió, contrariado, desde la *lareira*.

—¡No, mujer, espera un poco!

La magia del fuego de la *lareira*, a diferencia de las chimeneas encajonadas, radica precisamente en el temblor de llamas y sombras que extiende por toda la casa. La *lareira* tiene los laterales abiertos. Es como un cine en tres dimensiones. El doctor Kimball seguía las explicaciones con gesto interesado y asintió sonriente.

Fina hizo caso y se acercó con Ellen a donde crepitaba la naciente hoguera. Después, mientras los dos médicos filosofaban acerca del fuego y el ser humano, se acordó de la cena y se dirigió a la cocina. No le gustaba la oscuridad. Su marido sabía que a ella no le gustaba la oscuridad, pero hoy había que dejarlo, igual que a un niño feliz que le enseña a otro sus juguetes. Miró por la ventana del pasillo. No se distinguía nada. Abrió la puerta y, ante la luz, respiró con el alivio de quien se desprende de unas garras en la espalda. Allí, en la cocina, remangada y con las mejillas coloradas por los vapores, trajinaba Reme.

—¡Qué bien huele!

—Va a ser un cocido como Dios manda, señora. Los grelos han llegado directos de la huerta. ¡Aún traían las estrellas de la escarcha!

—Diego quería ofrecerles una cosa típica.

—Eso está bien. ¡Nada mejor que las cosas de la tierra!

Había sido un hallazgo, lo de Reme. Era una mujer servicial y, al mismo tiempo, simpática y espontánea. Ella y su marido hacían de caseros, mantenían el pazo limpio y habitado y se brindaban para todo tipo de trabajos. Ella era una buena cocinera y el marido, Andrés, también llamado O'Courel, además de jardinero y hortelano, se daba maña con muchos oficios; igual arreglaba una cerradura que retejaba por donde había humedades. Además, era muy buen conversador. Él no era de Amoril. Había nacido en la montaña y había estado emigrado en Barcelona. A veces los dejaba con la boca abierta, al adornar una historia con dichos en latín o sabidurías sorprendentes. Por ejemplo, cada árbol frutal tenía su propia mosca. Había la mosca del manzano, del melocotonero, del peral... Y cada animal tenía también la suya. Eran muy distintas las moscas que rondaban a la vaca de las que revoloteaban alrededor de un burro. Al recordar esto, Fina sonrió y Reme se animó aún más con la faena viéndola a ella satisfecha.

—También tengo lista la salsa de las almejas, señora. La cebollita muy picada, y un casi nada de pimienta blanca.

—Seguro que está riquísima, Reme.

Andaban alrededor de los cincuenta. No tenían hijos. Cuando hablaba de eso, Reme se entristecía.

—Tienen que animarse ustedes. Nosotros ya... Pero ustedes aún son jóvenes, y no les va a faltar con que criarlos. Si yo pudiese, tendría una docena.

Pero no era de hijos de lo que hablaban ahora, sino de la hora apropiada para poner la mesa y causar la mejor impresión a los huéspedes.

Se escuchó un trueno, y la lámpara del tubo fluorescente de la cocina pestañeó y emitió un zumbido de insecto. Pero se mantuvo encendida. Las dos mujeres cruzaron sus miradas. Reme se persignó.

—¡Vaya por Dios! Se avecina una buena tormenta.

Fina volvió a la sala. Esta vez fue derecha a la llave de la luz y encendió las lámparas sin preocuparse de la reacción de su marido. Pero el doctor Freire no hizo ningún comentario. Dijo: "¿Has oído, Fina? Los ratones andan por el desván." De inmediato, tradujo literalmente la frase al inglés. El doctor Kimball hizo un gesto de entender el significado. Los ratones. Los truenos. Rieron.

Ellen contó que ella, de niña, al contrario que sus hermanos, no tenía miedo a las tormentas. Sus padres tenían una casa de recreo al norte de la costa Este, cerca de Canadá, y a veces el cielo parecía quebrarse como bolas de Navidad en manos de críos revoltosos. Por la noche, despertaba e iba a mirar por la ventana. Los relámpagos, decía, eran un espectáculo fascinante. Una fiesta de la naturaleza. Pero ahora no, confesó. A medida que pasaban los años, iba sintiendo más respeto y temor.

El doctor Kimball la miró con irónico arrobo: "Puedes estar tranquila. Te protegeré siempre. Yo seré tu pararrayos."

Las sonrisas quedaron petrificadas en la sombra como viñetas de un tebeo. Cayó un rayo que retumbó como un látigo restallante en el tejado del pazo. Transcurrió un instante de silenciosa conmoción, hasta que alguien comentó que se había ido la luz. De inmediato, se escuchó la voz de Reme que salía a tientas de la cocina e invocaba a los santos del cielo. Por fin, se orientó gracias al fuego de la *lareira*. Cuando llegó a donde ellos estaban, aún tenía el rostro congestionado.

—¡Fue terrible! Centellearon las cacerolas delante de mí. ¡Cosa del diablo!

—Tranquila, Reme, siéntate un poco —dijo Fina.

—Se fundirían los plomos. Por ahí debe de andar mi Andrés.

Los truenos se habían ido alejando y llegó el agua. Una lluvia desmedida que hizo cantar a los canalones del tejado y que repicaba con un punto de cólera en los cristales. La luz no volvía, y tampoco se tenían noticias del esperado Andrés. Aquella situación los acercó más al fuego, que se iba agrandando, atizado por ojos y pensamientos. De repente, Fina brincó levemente en el sofá y miró asustada hacia el ventanal de la sala.

—¡Ah, ahí está Andrés! —dijo Reme con voz tranquila.

—¡Santo cielo, qué susto me acabo de llevar! —reconoció Fina, en tono avergonzado.

No lo quiso confesar, pero por un instante había visto en aquel encapuchado que balanceaba un candil una figura que el relámpago hubiese expulsado del cuadro de Laxeiro.

—¡Buenas noches nos dé Dios!

Andrés saludó con aire viril y con irónica solemnidad cuando le abrieron la puerta. Era un hombre corpulento y tan tranquilo en sus movimientos que parecía torpe. Levantó el candil a la altura de la cabeza, e hizo una ligera inclinación de frente, a la vieja usanza, dirigida a los desconocidos. La improvisada capucha hecha uniendo las puntas de un saco de tela, las cejas espesas, los ojos escrutadores, el bigote rojizo y denso, le daban un aire de cazador boreal. Se desprendió del cobertor, que venía empapado, y pidió permiso para entrar en la sala. Dejó ceremonioso el candil en la repisa de la campana de la *lareira*.

—¡Sí, señor! Una reliquia. Pero ya ven qué útil resulta en caso de apuro. ¡El viejo candil! ¡Sí, señor!

—Andrés, ¿y qué pasa con la luz? —lo apremió Reme.

—Pues parece una cosa seria.

—¿Cómo que seria? —preguntó inquieto el doctor Freire.

—Pues bien, creo que es de la línea. O del transformador. De los fusibles no es. De eso estoy seguro.

—¿Y cuánto tardarán en arreglarlo? —preguntó Fina con tono de impaciencia.

—¡Huy! Con el agua que está cayendo...

Andrés sabía que era el centro de atención, como si en sus palabras estuviese la clave para el retorno de la luz. Podría responder "unas horas" o "dos o tres días". O las dos cosas. Miró al doctor Kimball. Un duende divertido le hizo decir: "Con estos de la Compañía nunca se sabe. A lo mejor, dos o tres días".

—Pero ¿qué dices? —saltó Reme, intentando corregir a su marido como si hubiese dicho una calumnia.

—La última vez tardaron más.

—No digas tonterías, hombre.

—Yo digo las cosas como son. Esto es el culo del mundo, dispensando.

Miró para su mujer. En un ojo había súplica. El otro lo estaba fulminando.

—Lo más seguro es que lo arreglen esta noche —dijo sonriente, como si estuviese poniendo final a una broma—. Cuando escampe un poco me acercaré al pueblo, a ver qué pasa.

Todos respiraron con alivio.

—¿Saben? Andrés es adivino —dijo de repente el anfitrión a la pareja extranjera—. ¿Traes las cartas?

—Las llevo siempre en el bolsillo —respondió el hortelano, dándose una palmada a la altura del corazón.

—¿Por qué no se las echas a ellos? —dijo el doctor Freire, satisfecho de poder presentar un número realmente original a sus huéspedes.

—¡Ay, no, señor! —exclamó Reme.

—¿Y por qué no? ¿Qué hay de malo? —insistió el dueño de la casa.

—No, nada —dijo ella resignada—. Yo vuelvo a la cocina, que ya se han ido los truenos.

—¿De verdad adivina el futuro? —preguntó el doctor Kimball en tono divertido.

—Es increíble —dijo Freire—. Siempre acierta. Venga, Andrés. Adelante.

El jardinero sacó una baraja del bolsillo de la camisa y se acomodó ante la mesa baja de la sala. A su lado estaba el doctor Freire. Enfrente, los invitados, Kimball y Ellen, expectantes. De pie, fumando un cigarrillo y apoyada en la columna de la *lareira*, Fina.

—Bien —dijo Andrés con el tono solemne de quien inicia una ceremonia—. Esta forma de echarlas se llama de Siete en Cruz. Primero se cortan así, siete veces con la mano izquierda. Ahora se colocan así, en cruz, boca abajo.

Una vez colocadas las cartas, Andrés respiró hondo y frotó las manos con calma, sin levantar la mirada. Sólo se escuchaba el fuego, disparando de vez en cuando la pirotecnia de las chispas. Luego, con un gesto pausado de clérigo, Andrés levantó la carta del centro. Un tres de bastos cabeza abajo.

El adivino quedó pensativo por un instante. Miró imperceptiblemente para el lado del doctor Freire. Luego recogió las cartas.

—¿Qué pasa? —preguntó el anfitrión.

—Nada. Las voy a echar de otra forma.

—Va a hacerlo de otra manera —dijo sonriente el doctor Freire a sus invitados. Éstos asintieron.

Esta vez sin explicar nada, Andrés colocó doce cartas en círculo y una en el centro.

Levantó la del medio. Un tres de bastos con la cabeza hacia abajo.

Todos reaccionaron con nerviosas carcajadas. El doctor Kimball preguntó algo en inglés y su colega lo tradujo.

—¿Algo malo, Andrés?

—No, no, pero voy a probar de otra manera.

—¡Atención! —proclamó con voz teatral el doctor Freire— ¡Tercer intento!

Andrés barajó repetidamente. Ahora colocó nueve cartas, en filas de tres, formando un cuadrado. Levantó la central, la del medio de la segunda fila.

Un tres de bastos con la cabeza hacia abajo.

Las nuevas risas, acobardadas, eran lo más parecido a un gesto de inquietud. Todos miraron al cartomántico esperando una interpretación.

Andrés se volvió hacia el doctor Freire y dijo en voz baja, intentando aparentar normalidad: "Me parece que es mejor seguir otro día, señor".

—¿Por qué no levantas más cartas?

—Esta carta es muy mala señal. Créame, es mejor dejarlo.

El doctor Freire miró a la pareja y sonrió.

—Dice que ustedes serán muy felices. Que da siempre el mismo resultado.

El doctor Kimball cogió la mano de Ellen y pidió al anfitrión que le comunicara al adivino su agradecimiento.

—Bien, voy a ver si arreglan o no lo de la luz —dijo Andrés levantándose—. Parece que ya no llueve tanto.

Fina lo siguió camino de la puerta. Cuando ya asomaba fuera, ella lo agarró por un brazo.

—¿Qué pasaba con las cartas, Andrés?

—Nada, señora. Nada.

—¿Era algo malo?

—Muy malo, señora.

Ella quedó fastidiada. Cuando el jardinero era ya una medio sombra en la noche, Fina le gritó.

—¿Lo nuestro era cierto?

—¿Lo qué?

—Lo que nos dijiste el otro día.

—Lo suyo va a misa, señora. Ustedes serán muy felices. Y tendrán un hijo muy pronto.

"Sí, tendrán un hijo. El hijo que nosotros nunca tendremos", murmuró el hombre en la oscuridad, pisando duro en el suelo enfangado.

Carmiña

¿Así que nunca has ido a Sarandón? Haces bien. ¿A qué ibas a ir? Un brezal cortado a navaja por el viento.

O'Lis de Sésamo sólo venía al bar los domingos por la mañana. Acostumbraba a entrar cuando las campanas avisaban para la misa de las once y las hondas huellas de sus zapatones eran las primeras en quedar impresas en el suelo de serrín como en el papel la tinta de un sello de caucho. Pedía siempre un jerez dulce que yo le servía en copa fina. Él hacía gesto de brindar mirando hacia mí con sus ojos de gato montés y luego se refugiaba en el ventanal. Al fondo, la mole del Xalo, como un imponente buey tumbado.

Sí, chaval, el viento rascando como un cepillo de púas.

Brezos, cuatro cabras, gallinas peladas y una casa de mampostería con una higuera medio desnuda. Eso es todo lo que era Sarandón.

En aquella casa vivía Carmiña.

O'Lis de Sésamo bebió un sorbo como hacen los curas con el cáliz, que cierran los ojos y todo, no me extraña, con Dios en el paladar. Echó un trago y luego chasqueó la lengua.

Vivía Carmiña y una tía que nunca salía. Un misterio. La gente decía que tenía barba y cosas así. Yo, si he de decir la verdad, nunca la vi delante. Yo iba allá por Carmiña, claro. ¡Carmiña! ¿Tú conociste a Carmiña de joven? No. ¡Qué coño la ibas a conocer si no habías nacido! Era buena moza, la Carmiña, con mucho donde agarrar. Y se daba bien.

¡Carmiña de Sarandón! Para llegar a su lado había que arrastrar el culo por los tojos. Y soplaba un viento frío que cortaba como filo de navaja.

Sobre el monte Xalo se libraba ahora una guerra en el cielo. Nubes fieras, oscuras y compactas les mordían los talones a otras lanudas y azucaradas. Desde donde yo estaba, detrás de la barra, con los brazos remangados dentro del fregadero, me pareció que la voz de O'Lis enronquecía y que al contraluz se le afilaba un perfil de armiño o de garduña.

Y había también, en Sarandón, un demonio de perro.

Se llamaba *Tarzán*.

O'Lis de Sésamo escupió en el serrín y luego pisó el esgarro como quien borra un pecado.

¡Dios, qué malo era aquel perro! Ni un día, ni dos. Siempre. Tenías que verlo a nuestro lado, ladrando rabioso, casi sin descanso. Pero lo peor no era eso. Lo peor era cuando paraba. Sentías, sentías el engranaje del odio, así, como un gruñido averiado al apretar las mandíbulas. Y después ese rencor, ese arrebato enloquecido de la mirada.

No, no se apartaba de nosotros.

Yo, al principio, hacía como si nada, e incluso iniciaba una carantoña, y el muy cabrón se enfurecía más. Yo subía a Sarandón al anochecer los sábados y domingos. No había forma de que Carmiña bajase al pueblo, al baile. Según decía, era por la vieja, que no se valía por sí misma y además había perdido el sentido y ya en una ocasión había prendido fuego a la cama. Y así debía de ser, porque luego Carmiña no resultaba ser tímida, no. Mientras *Tarzán* ladraba enloquecido, ella se daba bien. Me llevaba de la mano hacia el cobertizo, se me apretaba con aquellas dos buenas tetas que tenía y dejaba con mucho gusto y muchos ayes que yo hiciera y deshiciera.

¡Carmiña de Sarandón! Perdía la cabeza por aquella mujer. Estaba cachonda. Era caliente. Y de muy buen humor. Tenía mucho mérito aquel humor de Carmiña.

¡Demonio de perro!, murmuraba yo cuando ya no podía más y sentía sus tenazas rechinar detrás de mí.

Era un miedo de niño el que yo tenía. Y el cabrón me olía el pensamiento.

¡Vete de ahí, *Tarzán!*, decía ella entre risas, pero sin apartarlo. ¡Vete de ahí, *Tarzaniño!* Y entonces, cuando el perro resoplaba como un fuelle envenenado, Carmiña se apretaba más a mí, fermentaba, y yo sentía campanas en cualquier parte de su piel. Para mí que las campanadas de aquel corazón repicaban en el cobertizo y que, llevadas por el viento, todo el mundo en el valle las estaría escuchando.

O'Lis de Sésamo dejó la copa vacía en la barra y pidió con la mirada otro vino dulce. Paladeó un trago, saboreándolo, y después lo dejó ir como una nostalgia. Es muy alimenticio, dijo guiñando el ojo. La gente saldría enseguida de misa, y el local se llenaría de humeantes voces de domingo. Por un momento, mientras volvía a meter las manos bajo el grifo para fregar los vasos, temí que O'Lis fuese a dejar enfriar su historia. Por suerte, allí en la ventana estaba el monte, llamando por sus recuerdos.

Yo estaba muy enamorado, pero hubo un día en que ya no pude más. Le dije: mira, Carmiña, ¿por qué no atas a este perro? Me pareció que no escuchaba, como si estuviese en otro mundo. Era muy de suspiros. El que lo oyó fue él, el hijo de mala madre. Dejó repentinamente de ladrar y yo creí que por fin íbamos a poder retozar tranquilos.

¡Qué va!

Yo estaba encima de ella, sobre unos haces de hierba. Antes de darme cuenta de lo que pasaba, sentí unas cosquillas húmedas y que el cuerpo entero no me hacía caso y perdía el pulso. Fue entonces cuando noté el muñón húmedo, el hocico que olisqueaba las partes.

Di un salto y eché una maldición. Después, cogí una estaca y se la tiré al perro que huyó quejándose. Pero lo que más me irritó fue que ella, con cara de despertar de una pesadilla, salió detrás de él llamándolo: ¡*Tarzán*, ven, *Tarzán!* Cuando regresó, sola y apesadumbrada, yo fumaba un pitillo sentado en el tronco de cortar leña. No sé por qué, pero empecé a sentirme fuerte y animoso como nunca había estado. Me acerqué a ella, y la abracé para comerla a besos.

Te juro que fue como palpar un saco fofo de harina. No respondía.

Cuando me marché, Carmiña quedó allí en lo alto, parada, muda, como atontada, no sé si mirando hacia mí, azotada por el viento.

A O'Lis de Sésamo le habían enrojecido las orejas. Sus ojos tenían la luz verde del montés en un rostro de tierra allanado con la grada. A mí me ardían las manos bajo el grifo de agua fría.

Por la noche, continuó O'Lis, volví a Sarandón. Llevaba en la mano una vara de aguijón, de ésas para llamar a los bueyes. La luna flotaba entre nubarrones y el viento silbaba con rencor. Allí estaba el perro, en la cancela del vallado de piedra. Había alguna sospecha en su forma de gruñir. Y después ladró sin mucho estruendo, desconfiado, hasta que yo puse la vara a la altura de su boca. Y fue entonces cuando la abrió mucho para morder y yo se la metí como un estoque. Se la metí hasta el fondo. Noté cómo el punzón desgarraba la garganta e iba agujereando la blandura de las vísceras.

¡Ay, Carmiña! ¡Carmiña de Sarandón!

O'Lis de Sésamo escupió en el suelo. Después bebió el último trago y lo demoró en el paladar. Lanzó un suspiro y exclamó: ¡Qué bien sabe esta mierda!

Metió la mano en el bolsillo. Dejó el dinero en la barra. Y me dio una palmada en el hombro. Siempre se iba antes de que llegaran los primeros clientes nada más acabar la misa.

¡Hasta el domingo, chaval!

En el serrín quedaron marcados sus zapatones. Las huellas de un animal solitario.

El míster & Iron Maiden

A Arsenio Iglesias y Basilio Losada

El muchacho maldijo, se levantó furioso y tiró la banqueta de una patada. El hombre de pelo cano, al hablarle, miraba en la camiseta, con la inscripción Iron Maiden, el espectro monstruoso que con las manos sujetaba los extremos de un cable de alta tensión y relampagueaba por los ojos. El pelo del espectro era muy largo y de un blanco de nieve.

¿Qué haces? ¡Pon la banqueta derecha!

Estaban viendo el partido televisado. El rival había metido el gol del empate y así se alejaban las posibilidades de que el Deportivo de Coruña se hiciera con el campeonato. Al fondo de la cocina la madre palillaba* flores de encaje. Aquel sonido industrioso pertenecía al orden natural de la casa. Cuando no existía, se echaba en falta.

La culpa es de él, dijo el muchacho con resentimiento.

¿De quién? También el hombre de pelo cano se sentía molesto.

---

* Tejer encaje entrecruzando bolillos, una especie de palitos torneados; se trata de un trabajo de artesanía tradicional de la comarca coruñesa de Camariñas.

¿De quién va a ser? ¡Mira que es burro!

¿Por qué le llamas burro? ¡No sabes ni de qué hablas!

Estábamos ganando, estábamos ganando y va y cambia un delantero por un defensa. Siempre recula. ¿No te das cuenta de que siempre recula?

¿Está en el campo? Dime. ¿Está él en el campo? ¿No hay ahí once tipos jugando? ¿Por qué siempre le echáis a él la culpa?

¡Porque la tiene! ¿Por qué no quita a Claudio? ¿A ver? ¿Por qué no? Íbamos ganando y va y cambia a Salinas. ¡Todo al carajo!

¿No dices siempre que Salinas es un paquete?

Pero ¿por qué lo cambia por un defensa?

Los otros también juegan. ¿No te das cuenta de que el contrario también juega? Éramos unos muertos de hambre. ¿Recuerdas que éramos unos muertos de hambre? Estábamos en el infierno y ahora vamos segundos. ¡No sé qué coño queréis!

¡No me vengas con rollos! Tú eres igual que él, dijo el muchacho haciendo en el aire una espiral con el dedo. Que si tal, que si cual. Cuidadito, prudencia. El fútbol es así, una complicación. Rollo y más rollo.

Ya lloraréis por él. Recuerda lo que te digo. ¡Acabaréis llorando por él!

El locutor anunció que se iba a cumplir el tiempo. El árbitro consultaba el reloj. Luego se vio en la pantalla el banquillo local y la cámara enfocó el rostro apesadumbrado del míster. El hombre de pelo cano tuvo la rara sensación de que estaba ante un espejo. Hundió la cabeza entre las manos y el entrenador lo imitó.

¡Jubílate, hombre, jubílate!

El hombre de pelo cano miró para el muchacho como si le hubiese disparado por la espalda. La madre dejó de palillar y eso causó el efecto de una banda sonora de suspense.

¿Por qué dices eso?

El muchacho fue consciente de que estaba atravesando una alambrada de púas. La lengua rozaba el gatillo como un dedo que le hubiera cogido gusto y que ya no obedecía las órdenes de la cabeza.

Digo que ya es viejo. Que se largue.

Habían discutido mucho durante toda la Liga, pero sin llegar al enfado. Ahora, por fin, el asunto estaba zanjado. El hombre de pelo cano se había quedado mudo, abstraído en algún punto de la pantalla. La cámara buscó al árbitro. Éste se llevó el silbato a la boca y dio los tres pitidos del final.

¡Ya está, se jodió todo! ¡A tomar por el culo!

¡En casa no hables así!, le reprendió la madre. Cuando apartaba los ojos cansados de los alfileres de la almohadilla de bolillos, tenía la sensación de que miraba el mundo por una celosía enrejada con punto de flor.

¡Hablo como me sale del carajo! El muchacho se fue dando un portazo que hizo pestañear la noche.

El muchacho gobernaba ahora el motor y el padre escrutaba el mar. Por el acantilado del Roncudo de Corme, en la Costa da Morte, se descolgaban los otros perceberos. Se acercaba la última hora de la bajamar. Desde ese momento, y hasta que pasara la primera hora de la pleamar, cada minuto era sagrado. Ése era el tiempo en que se dejaban pisar las Penas Cercadas, los temidos bajíos donde rompe el Mar de Fóra. Sólo se aventuraban allí los perceberos versados, los que saben leer el cabrilleo, las grafías que hace la espuma en las rocas. Y como cormorán o gaviota, hay que medir el reloj caprichoso del mar.

El mar tiene muchos ojos.

Cada vez que se aproximaban a las Cercadas, el muchacho recordaba esa frase repetida solemnemente por el padre en la primera salida, como quien transmite una contraseña para sobrevivir. Había otra lección fundamental.

El mar sólo quiere a los valientes.

Pero hoy el padre iba en silencio. No le había dirigido la palabra ni para despertarlo. Golpeó con el puño en la puerta. Bebió de un trago el café, con gesto amargo, como si tuviera sal.

El padre tenía otra norma obligada antes de saltar a las Cercadas. Por lo menos durante cinco minutos estudiaba las rocas y seguía el vuelo de las aves marinas. Una costumbre que él, al principio, y cuando todo aparentaba calma, había considerado inútil pero que aprendió a respetar el día que descubrió lo que de verdad era un golpe de mar. El silencio total. El padre que grita desde la roca que maniobre y que se aleje. Y de repente, salido de la nada, aquel estruendo de máquina infernal, de excavadora gigante. Trastornado, temblando, con la barca inundada por la carga de agua, busca con angustia la silueta de las Penas Cercadas. Allí, erguido y con las piernas flexionadas como un gladiador, con la *ferrada*[*] dispuesta como lanza que fuera a atravesar el corazón del mar, estaba el padre.

Tantos ojos como el mar. Hoy el padre tiene la mirada perdida. Él va a decir algo. Mastica las palabras como un chicle. Oye, que. Ayer, no. Pero el padre, de repente, coge la horquilla y la manga, se pone de pie, le da la espalda y se dispone a saltar. Él sólo tiene tiempo de maniobrar para facilitarle la operación. Mantiene el motor al ralentí, con un remo apoyado en la roca para defender la barca. Aguarda las instrucciones. Un gesto. Una mirada. Y es él quien grita: ¡vete con cuidado!

El mar está tranquilo. El muchacho tiene resaca. Bebió y volvió tarde a casa, con la esperanza de que la noche hubiera limpiado todo lo del día anterior, como hace el hígado con el licor barato.

Mojó las manos en el mar y humedeció los párpados, apretándolos con la yema de los dedos. Al abrir los ojos, tuvo la sensación de que habían pasado años. El mar se había oscurecido

[*] Lámina de hierro que se utiliza para coger percebes, mejillones o almejas. *(N. de la T.)*

113

con el color turbio de un vino peleón. Miró al cielo. No había nubes. Pero fue aquel silencio contraído lo que lo alertó.

Buscó al padre. Incomprensiblemente, le daba la espalda al mar. Gritó haciendo bocina con las manos. Gritó con todas sus fuerzas, como si soplara por una caracola el día del Juicio Final. Atento a los movimientos del padre, se olvidó por completo de gobernar la barca. Escuchó un sonido arrastrado de bielas lejanas. Y entonces llamó al padre por última vez. Y pudo ver que por fin se volvía, afirmaba los pies, flexionaba las rodillas y empuñaba la *ferrada* frente al mar.

El golpe pilló a la barca de costado y la lanzó como un palo de billarda contra las Cercadas. Pero el muchacho, cuando recordaba, no sentía dolor. Corría, corría y braceaba por la banda, electrizado como el espectro de Iron Maiden. Había esquivado a todos los contrarios, uno tras otro, había metido el tercer gol en el tiempo de descuento, y ahora corre por la banda a cámara lenta, las guedejas flotantes, mientras los Riazor Blues ondean y ondean banderas blanquiazules. Corre por la banda con los brazos abiertos para abrazar al entrenador de pelo cano.

El inmenso camposanto
de La Habana

Yo también tuve un tío en América. Y espero tenerlo todavía, regando rosanovas en el Panteón Gallego con su cubo de zinc.

Mi tío se llamaba Amaro y se había muerto por lo menos ocho veces antes de morirse. Era un especialista en morirse y siempre lo hacía con mucha dignidad. Volvía de la muerte perfumado con jabones La Toja, peinado como el acordeonista de la Orquesta Mallo, con un traje nuevo Príncipe de Gales y con una historia sorprendente. En una ocasión hizo una descripción muy detallada del menú del Banquete Celestial, en el que, según él, abundaba el lacón con grelos.

¿Y había cachola?, preguntó mi padre con retranca.

¡Hombre claro! Una cabeza de cerdo en cada mesa, con dos ramitas de perejil en los agujeros del hocico y un collar de margaritas.

¿Qué tal tiempo hacía?

Soleado, pero algo frío. En el purgatorio, no. En el purgatorio soplaba un nordés horripilante. Aquello es un brezal desarbolado.

Esa capacidad de morir sin morirse del todo se la atribuía a una extraña naturaleza de niño vaquero de sangre azul, extremo éste que Amaro demostraba en las fiestas rompiéndose la nariz, igual que cristal de escarcha, con sólo hacer pinza con dos dedos. Entonces resbalaban dos azulísimos hilos que sorbía como anís de menta.

Me parece, no obstante, que había aprendido a morirse en el inmenso cementerio de La Habana.

Aún se movía el océano bajo mis pies cuando alguien me puso una escoba y un cubo de zinc en las manos. Así contaba él aquel su primer viaje, desde la aldea de Néboa al Caribe. Era tan joven que no conocía la navaja barbera. Seguí los pasos de Mingos O'Pego, el paisano al que me habían encomendado mis padres, y con escoba de palmitos y aquel cubo luminoso entré en la intendencia del Cristóbal Colón, el cementerio más principal de América. Y no salí durante un mes, lo creas o no. O'Pego era un devoto del ron. Tenía toda una bodega oculta en uno de los nichos del Panteón Gallego. Mira este difunto, me dijo, ¡je, je! Y me avisó bien avisado: ¡Tú ni tocarlo, eh chaval! Corría de su cuenta buscarme una habitación en la parroquia de los vivos, pero mientras, trabajaba allí todo el día y allí dormía, en una cabañucha del camposanto, entre coronas de flores y cruces de mármol. Allí aprendí a oír voces y músicas que los demás no escuchaban.

Me acurrucaba en el regazo de Amaro, y mi miedo parecía animarlo.

¡Qué noches en el camposanto de La Habana! ¡Indios, negros, gallegos! ¡Tambores y gaitas!

¡Todos bailando en la noche cálida, mientras O'Pego roncaba sobre almohada de rosanovas y coronas de claveles! Teníamos un gato que por la noche se hacía muy grande, ocelote o jaguar, y devoraba ratas grandes como liebres, ¡je, je! *¡La Habana, Habanita mía*, qué bonito es todo en La Habana! ¡Hasta era bonito ser enterrador en La Habana!

Mis padres regentaban una taberna en la calle coruñesa del Orzán, una calle tan marinera que el océano subía a veces por el ojo del retrete. Y la clientela era fija, tan fija que tenía las tazas de vino numeradas. La de Amaro era la 36. Al contrario de lo habitual, mi tío bebía a pequeños sorbos, delicadamente, acercando con solemnidad la porcelana blanca. Luego miraba con ojos húmedos el poso del vino ribeiro, como quien mira un dramático bordado. ¡El mundo! ¡Si supieras qué pequeño es el mundo, criatura!

¡A ver, pasmarote, dime! ¿Qué es más vieja, la Torre de Hércules o la Catedral de Santiago?, preguntaba en la barra la taza número 7.

¡A mí, todo, tooodo, me importa un carajo!, proclamaba la taza 9.

> *Están as nubes chorando*
> *por un amor que morreu.*
> *Están as rúas molladas*
> *de tanto como choveu**

---

* *Están las nubes llorando / por un amor que se ha muerto. / Están las calles mojadas / de tanto como ha llovido.*

Quien cantaba era un marinero que no tenía taza numerada y había llegado arrastrando una tormenta que dejó en el quicio de la puerta, aullando como un perro abandonado.

¡Cierra el pico, animal!, dijo la taza número 3, que era uno de esos solitarios mimetizados con la mesa de pino viejo, y con telas de araña colgándole de los ojos.

¿Eso va por mí?, preguntó desafiante el marinero, sacando pecho de lobo.

Oiga, caballero, medió oportunamente mi tío Amaro, ¿conoce usted La Habana?

¿La Habana? ¡De punta a cabo!, gritó desde la barra. Después se acercó, picado por la curiosidad. ¡La Habana, cielo santo, qué hermosa es La Habana! ¡Me salta el corazón sólo con mencionarla!

Y a mí me duele, dijo mi tío Amaro en un suspiro. ¿Y el cementerio Cristóbal Colón? ¿Conoce el inmenso camposanto de La Habana?

Pues no. ¡Llevaba otra ruta!

Lástima. Allí fui yo oficial jardinero mayor, explicaba con sentido orgullo mi señor tío.

Los crisantemos son buenos para los muertos, dijo la taza 5.

¡Prefiero las dalias!, proclamó la siguiente.

¡Borrachos!, gritó un solitario que no se tenía en pie, después de un largo trago.

¿Hace mucho que se vino?, se interesaba el marinero.

Fue cuando Aquello. Yo era pobre, pero tenía un diente de oro, y alguien llegó gritando que la Revolución me quitaría mi diente de oro. Aún lo conservo. Y abrió la boca para enseñarle la prótesis dorada al marinero, quien inclinó la cabeza con mucho interés. Cuando me di cuenta, había perdido La Habana, dijo mi tío después de lustrar el diente con la gamuza de la lengua.

En esos casos, comentó el marinero con voz sentenciosa, uno siempre va detrás de los otros y a veces mete la pata.

¿A cuánto sale ahora calzarse un diente de oro?, preguntó la taza número 12.

¡No llega la paga de Navidad!, dijo la 7.

¿Y cómo quedaba La Habana?, preguntó mi tío con tono herido.

Despintada... y bonita.

Así la dejé yo. Y después alegraba la voz. ¡Deshojemos la rosa del ribeiro en su memoria!

Maldita la gracia que le hacían a papá aquellas rondas impagadas. Amaro no tenía un duro y siempre acababa muriéndose después de brindar por La Habana. Y así fue. Hartos de su trajín de un mundo a otro, esta vez mis padres no le prepararon velorio, ni hubo perfume, ni peinado, ni traje.

Quédate ahí, ordenó mi padre, y avísanos cuando vuelva.

Me quedé dormido a su lado, pero al despertar estaba frío y con aspecto de no volver nunca de ese viaje. Tenía una sonrisa dolorida y, en la boca entreabierta, se echaba en falta su diente de oro. Por ahora no regresó de la travesía. Meter, lo metieron en un nicho en la aldea de Néboa, pero yo lo imagino en alguna aduana, intentando pagar el billete con su diente en la palma de la mano como precioso grano de maíz, y haciendo gestiones para volver al inmenso camposanto de La Habana.

La chica del pantalón pirata

Uno de ellos había tenido la debilidad de silbar bajito durante unos segundos, y luego él mismo miró alrededor como si buscase una rendija culpable por la que hubiese silbado el viento. El otro reconoció aquella canción y fue tras ella por el techo, hasta batir con las alas de los ojos en aquella luz pobre y somnolienta.

Aparta loureiro verde,
deixa clarear a lúa,
que estou no medio do monte,
non vexo cousa ningunha[*].

Pero no despegó los labios. De hacerlo, de tararearla, sonaría como una delación. Como calló también aquel dolor inconfesable de alfiler de agua en la sien, el implacable gotear del grifo del ruinoso lavabo. Disimulando la angustia, puso en el fondo un paño que amortiguara el tin-tín, pero aquel estallido líquido de balín ya le había agujereado la cabeza.

Los dos fumaban tabaco negro. Había un envoltorio de cigarrillos vacío y estrujado y que

---

[*] *Aparta, verde laurel, / deja clarear la luna, / porque estoy en medio del monte / y no veo cosa ninguna.*

ahora tenía la redondez deforme de un balón de cuero sin aire, abandonado en el rincón de un húmedo vestuario.

Los dos habían sido porteros de fútbol. Ésa fue la máxima confidencia personal a la que llegaron después de cinco días, largos como cinco años. Por supuesto, no se dijeron en qué equipos ni en qué comarcas. Aquella casualidad hizo que se mirasen por un instante con signos de sorpresa e interrogación dibujados en las cejas. Proseguir aquella conversación era una imprudencia. Saber que fumaban el mismo tabaco era el límite de intimidad al que podían llegar. Eran camaradas y tenían una misión que cumplir. Eso era todo lo que podían conocer uno del otro.

Los unía un plano. Lo demás era falso. Los nombres, las profesiones, las procedencias. Incluso las yemas de los dedos fueron tratadas con ácidos para borrar la identidad.

El plano estaba allí, encima de la mesa, junto al cazo de zinc con los cigarrillos quemados como escoria de la noche. Ninguna otra cosa debía delatar su paso. En la hora final, alisaron las mantas de los camastros, como quien espanta el aura de los cuerpos que allí habían dormido.

Los dos, en efecto, habían sido porteros. Alguien, en algún lugar, los había elegido y quién sabe si ese dato había sido decisivo. Porque él, quienquiera que fuese, lo sabía todo de ellos, una cámara oculta en sus vidas. Y seguramente los había imaginado así, como eran, mudos, acostumbrados a largas soledades y eternamente alertas, incluso cuando el balón estaba lejos, en la otra área. Reposados y sólidos, pero también felinos, al acecho, con los músculos en alerta, con resortes que sin duda saltaban en el momento decisivo.

Miraron sus respectivos relojes y asintieron con un gesto, pues durante el largo encierro ellos mismos se habían ido conformando como engranajes internos de una máquina del tiempo, y notaban en las vísceras el rodar mecánico de los dientes de la Historia.

Era la hora.

Recogieron todos los restos, comenzando por el plano, y los fueron quemando en un fuego mínimo, de retirada.

Era, sí, el mediodía.

Después de la larga noche de cinco días, los cegó la luz del sol y los puso en guardia el canto metálico de los grillos, un ejército ensordecedor y oculto que parecía estarlos esperando cuerpo a tierra. Pero enseguida echaron a andar con decisión, reduciendo el mundo a las líneas del plano impreso en la memoria. Allí, a la izquierda, entre dos setos de laurel, estaba el atajo, el viejo camino por el que antaño habían rodado los carros, ahora alfombrado de hojarasca y helechos. Caminaron igual que submarinistas por un leve fondo acuático, intentando que el espanto de los pájaros fuese tan mudo como el de los peces.

Más que cosa de hombres, aquella misión parecía haberse urdido en el magín umbroso de la naturaleza. La misma algarabía de los grillos les parecía ahora un protector fuego de infantería amiga. Todo estaba dispuesto, dibujado y soñado hace tiempo. Labradores con brazos de hierro como rejas de arado habían cavado aquel camino hondo hacía muchos años porque alguien, en un sueño humeante de estiércol, intuyó que sería el túnel vegetal que un día recorrerían dos valientes que iban a matar al Bestión.

Así fue como, a salvo del sol y de cualquier mirada, llegaron al viejo molino abandonado, enrejado de altas zarzas. Pero la ruda vegetación los acariciaba como terciopelo. La sentían de su parte. El plano era exacto. Las muelas eran dos círculos esbozados en piedra y, en el muro, la mano del dibujante había abierto la exacta ventana, con cristales bordeados de polvillo y telas de araña. Era el mejor y el más discreto de los miradores posibles. A poca distancia, espléndido y nítido, como dibujado también por la misma mano que había hecho el plano, allí estaba el puente. Hasta los guardias de vigilancia, situados a ambos extremos, parecían querer imitar la rigidez del trazo con que habían sido señalados en el papel.

Debajo de la ventana, en el suelo, y ocultos por un pañuelo de musgo, estaban los extremos de los cables. Según lo previsto, el Bestión y su comitiva pasarían en media hora. En el instante preciso, ellos sólo tenían que hacer el contacto y el puente se derrumbaría como mecano infantil.

Atentos al reloj, vigilaban por turnos y el que no miraba permanecía silente y pétreo, apoyado en el muro. Apenas había circulación por el puente. De vez en cuando, un automóvil que reducía la marcha, intimidado por el control, y algún tractor con el remolque cargado de hierba, con ese dejarse ir perezoso que tienen las máquinas del campo en las horas de calor. También el tiempo avanzaba lentamente, retenido por los zumbidos de los insectos y los estallidos de las vainas de las retamas. Cinco minutos antes de la hora, así era la rutina registrada en el plano, los guardias tendrían que cortar el tráfico y ordenar a los conductores que se arrimasen a los lados, con el puente despejado.

Pero aún no había llegado ese momento y ahora era una muchacha la que pasaba en bicicleta y tres pares de ojos la siguieron cautivos como si quisiesen ocupar el lugar de las ruedas. Llevaba el pelo recogido en una larga cola y vestía una blusa de mangas globo y un pantalón pirata de color negro, muy ceñido, y que dejaba las piernas desnudas de las rodillas para abajo. Los dos guardias y el vigía oculto en el molino vieron cómo la muchacha giraba la cabeza hacia el río, dejaba de pedalear y luego echaba un pie al suelo para detener la marcha. Apoyó la bicicleta en la barandilla y descansó los codos en el pretil del puente.

Desde que apareció la esbelta figura de la ciclista, el vigía del molino había estado al margen de la realidad. Aquella presencia se producía fuera del plano. No existía ningún trazo que simulase una figura de mujer apoyada en el pretil, contemplando el discurrir del río, ni dos círculos como ruedas que señalasen el preciso lugar, justo en el del puente, donde estaba el pilar principal y, adherida, la carga explosiva. Él permaneció aún durante unos segundos hechizado por la grácil belleza de la joven ciclista sin establecer un vínculo entre la irrealidad de la aparición y las agujas de su reloj. Más bien al contrario, la asoció con los lechos de trébol y fresa silvestre que se insinuaban bajo los alisos, en los recodos del río. Pero había un desajuste. Sintió como un desagradable retortijón en las tripas cuando bajó la vista y reparó en los cables que lo unían tan estrechamente a ella.

Llamó la atención del compañero y éste necesitó otros preciosos segundos para asimilar aquel error de la realidad, aquella muñeca absurda en el escenario de la historia.

—¿Qué carajo hace?

—Nada. Mira el río.

—Esos cabrones la tenían que echar de ahí.

—Siempre lo hacen. Los informes decían que nunca dejan a nadie en el puente.

—Mira, cortan el tráfico. Joder, ¿por qué no le dicen nada a ella?

Faltaban cinco minutos para liberarse del Bestión. Durante mucho tiempo, durante años, la Organización había preparado con el máximo sigilo el golpe que lo iba a mandar al infierno. Cientos de ojos espiaron los movimientos del ti-

rano hasta descubrir, en su tela de araña sin ruti-
nas, este punto débil, el puente de una carretera
secundaria. Y a partir de ahí, mucha gente se había jugado el pellejo sin saber ni querer saber,
dándole a la bola como jugadores estáticos de un
futbolín, movidos por alguien desconocido que
en algún lugar, a suficiente altura, contemplaba el
conjunto. Toda aquella urdimbre, aquel tejido de
voluntades anónimas, dependía ahora de ellos.

También el hombre que escribía miraba
ahora por la ventana, fumando el tabaco negro
que a ellos les estaba prohibido en esa hora deci-
siva de la historia.

La hija, una cría de ocho años, abrió la
puerta.

—¿Qué haces?

—Un cuento.

—¿De niños?

—No. Es de mayores.

—¡Bah! Siempre dices que vas a hacer
cuentos para niños y luego nunca los escribes.

—Cuando acabe éste, escribiré un cuento
para niños. De verdad.

—Eso es lo que dices siempre.

El hombre que escribía miró el reloj y luego
buscó un puente sobre un río, más allá del paisaje
de tejados de gaviotas y azoteas de tendederos.

—Escucha —le dijo a la niña—. Hay un
hombre muy malo, muy malo, que manda en
un país como si fuese una cárcel y a veces mata a
los que protestan. Él tiene mucha fuerza, muchos

guardias que hacen lo que él ordena. Este hombre, al que llaman por lo bajo el Bestión, va a pasar por un puente en coche. Debajo de ese puente hay una bomba muy grande. Pero entonces, en el puente, pasa algo. Aparece una muchacha montada en una bicicleta, deja de pedalear y se pone a mirar el río...

—¿Y qué?

—Bien. Ellos, los de la bomba, no saben qué hacer.

—¡Qué tontería! Lo que tienen es que...

De repente, el hombre miró con espanto por la ventana. Vibraban los cristales y un trueno sordo explotó en su cabeza y espantó a las gaviotas. Maldijo entre dientes.

—¿Qué pasa? —preguntó la niña.

—Nada. Ya es muy tarde —dijo él mirando el reloj. Hora de que las niñas bonitas se vayan a la cama.

Conga, conga

La luz del sol le arañó en los ojos. Entraba por las persianas, afilada como hojas de guadaña. Miró con gesto dolorido e incrédulo el despertador. Los puñales del reloj se batían en duelo. Ana se había ido sin despedirse, dejando en el lecho un vacío lleno de reproche.

Notó en la piel el sudor aceitoso y azucarado de la borrachera. Era tan tarde que sintió una vergüenza antigua, de campesino holgazán. Se metió debajo de la ducha y abrió al máximo el agua fría. Ojalá arrastrase todo, aquel limo de música nostálgica que le había dejado la noche. Una fiesta de viejos compañeros. Como babosas, todos masticando las hojas de la fucsia del edén perdido.

Ana había dejado encima de la mesa de la cocina una nota con la dirección y los datos precisos. Un chalet en Mera. Cumpleaños. El niño se llama Óscar. Tiene nueve años. Gente de pelas. Tres horas, a cinco mil pesetas la hora, quince mil pesetas. Sumar dos mil de desplazamiento. Total: diecisiete mil pesetas.

Buscó en vano en el papel un signo de cariño. Ni siquiera estaba firmado. Otro reproche.

Cogió unas zanahorias en la nevera y se puso a roerlas con ansia. *Crear el conejo nuevo.*

Cuando tenía resaca, le ajustaba las cuentas al tonto soñador que llevaba dentro. Ese tonto que, no obstante, se salía siempre con la suya. Fue él quien se puso seis aros en la oreja y tatuajes en el dorso de las manos. Fue él quien compró la Yamaha en vez de un coche, como quería Ana. Y era él quien lo seguía enredando como zarzal en todo lío cuanto se cruzaba en su camino.

Ese tonto soñador tenía en Ana a su peor enemigo. Lo miraba de frente y le decía: ¡Por Dios! ¿Cuándo dejarás de ser un crío?

Tenía el tiempo justo. Se vistió de payaso y con la moto se dirigió hacia Mera por la carretera de la costa. Era curioso. Siempre se repetía la misma historia. Los adultos que conducían lo miraban con severidad, como si se sintiesen objeto de burla. El resto, no. Los viejos y los niños que iban en los asientos traseros de los coches o en los autobuses lo saludaban, reían o hacían el simulacro de disparar con las manos.

En el portal del chalet había uno de esos porteros electrónicos con visor. Apretó el botón, miró fijamente el ojo oscuro de la cámara. Aún así preguntaron quién era y él respondió muy serio.

—Soy yo. El payaso.

Sabía lo que iba a pasar. En pocos segundos se oirían los chillidos de los chavales. Como crías de gaviota. Allí estaba mamá gaviota, observándolo de arriba abajo. Una de esas rubias con dotes de mando.

—Éste es Óscar. ¡Óscar, saluda al payaso! ¡Hala, venga, a jugar! Portaos bien con él, ¿eh?

Pico, el payaso, se echó a correr a la pata coja.

Todo el mundo en esta fiesta
se tendrá que divertir.
Todo aquello que yo haga
lo tenéis que repetir.

—¡A saltar! —gritó Pico.

Y todos saltaron.

—¡A volar!

Óscar y un compañero con rizos de ángel rubio permanecieron con los brazos caídos, se dijeron algo al oído y lo miraron con gesto burlón.

—Óscar, por favor, ven aquí —dijo Pico.

El chaval le obedeció perezosamente, con cara de fastidio.

—Mira, Óscar, me duele muchísimo esta muela —dijo Pico abriendo la boca y señalando—. ¿Me la quieres sacar?

Todos los niños y niñas se acercaron a ellos y miraban expectantes.

—Es un poco más grande que las otras. ¿La ves?

—Sí, sí —dijo el niño algo nervioso—. Pero ¿cómo quieres que lo haga?

—¡Con esto! —dijo Pico, mostrando de improviso unas tenazas que sacó del fondo del bolsillo.

—¿Con esto?

—¡Venga, venga, sin miedo!

El chaval titubeó antes de meterle la herramienta en la boca.

—¿Quieres que lo haga otro? —preguntó Pico.

Contrariado, el chaval apretó las tenazas y tiró de la muela con tanta fuerza que cayó hacia atrás. Era una muela de mentira. Todos se echaron a reír. El payaso se llevó la mano a la mejilla con mucha chanza.

—¡Qué estupidez! —dijo Óscar al levantarse.

Para el juego siguiente, el payaso les mandó ponerse en corro. Había que aprender una canción y bailar.

Conga, conga,
que rica es la milonga.
Queremos ver a Pico
bailar conga.
Una mano en la cabeza,
la otra en la cintura,
moviendo la colita
como una señorita[*].

Repitió el número tres veces. Bailaba con gracia y los chavales, sobre todo las niñas, aplaudieron.

—Bien. Ahora le toca a Óscar.

[*] En castellano en el original.

—No, no quiero —dijo el niño del cumpleaños.

—¡Óscar, Óscar! —gritaban todos.

—¡Venga, hombre, anímate! —dijo el payaso con un tono ya un poco serio—. ¿Por qué no quieres?

—¡Es un juego de mariquitas! —rió el ángel rubio.

—¡Sí, es de mariquitas! —dijo Óscar.

El payaso se dio la vuelta y preguntó quién quería salir en primer lugar. Los críos parecían desconcertados. Por fin, una niña levantó la mano.

—¿Cómo te llamas?

—Ana.

—¿Ana, eh? ¡Magnífico! ¡Venga, todos juntos!

> *Conga, conga,*
> *que rica es la milonga.*
> *Queremos ver a Ana*
> *bailar conga...*

Al reclamo de las palmas acudieron algunos mayores, que también bailaron. Pico miró de reojo. Óscar y el ángel rubio sonreían con desprecio y tenían el aspecto inequívoco de tramar algo.

—¡Ven, Óscar! —llamó amigable—. Ahora vamos con algo que te va a gustar. ¡La carrera de sacos!

—¡Qué tontería! —exclamó Óscar.

—¡Qué payaso más aburrido, tío! —dijo por su parte el ángel rubio.

Pico hizo que no había oído. Él mismo metió los pies en un saco y se puso a brincar con tanta rabia contenida que parecía que iba a salir volando por encima del seto de cipreses, como uno de esos personajes de ficción. Su caída fue muy celebrada con carcajadas. Bien, de eso se trataba, pensó, había que caer y caer para que los otros se sintiesen en la vertical de la felicidad.

—¡Payaso!

Era Óscar quien lo llamaba. Parecía más contento.

—Payaso, ven por favor. Quiero enseñarte algo que te va a gustar.

—¡Venga, chavales! ¡Vamos con Óscar!

—No, no —dijo el niño—. Sólo tú. Es una sorpresa. Después que vengan todos.

Pico se olió una diablura. Aquel mocoso seguramente estaba jugando a una de esas películas estúpidas de niños repugnantes, tipo *Solo en casa* o así. Pero no había más remedio que tirar para delante y ver en qué paraba la cosa.

—¡Por aquí, por aquí!

Óscar abrió la puerta de una especie de invernadero de aluminio y cristal.

—Oye, Óscar...

El chaval salió de repente y cerró la puerta a su espalda. Pico forcejeó pero Óscar, con una sonrisa siniestra, corrió el pestillo. Cabrón, murmuró el payaso, mamarracho.

—¡Abre, Óscar! ¡Por favor!

Pero el chaval apoyó la nariz en el cristal. A su lado estaba ya, con la misma sonrisa siniestra, el ángel rubio.

El pabellón estaba atestado de grandes plantas de aspecto tropical. Hacía un calor húmedo y él se sintió como en una sauna vegetal. No estaba mal aquel invento. Decidió sentarse. Ya se cansarían aquellos mocosos. Fue entonces cuando su sexto sentido, lo que el llamaba el Detector de Dentro, empezó a pitar enloquecido. Miró alrededor sin ver nada especial hasta que se dio cuenta de que uno de los troncos del Brasil también lo miraba. Murmuró una maldición.

Hacía tiempo que se había acostumbrado a la idea de que su indumentaria de trabajador autónomo era la de payaso. Pero ahora se sentía tan fuera de lugar como si corriese desnudo por la selva. Tranquilo, Pico, no grites, pensó. Puede ser peor. No, no parece un cocodrilo. Debe de ser un caimán.

Pese a su apariencia, son muy veloces. Cuando atacan, lo hacen como un rayo. Muerden y no sueltan. Etcétera.

Muy despacio, sin apartar la mirada, se puso de pie en la silla. Fue entonces cuando gritó.

—¡Socorro, socorro!

¿Quién inventó esa palabra? Era demasiado larga. Hay mujeres que se llaman así, Socorro.

—¡Socorro, socorro!

Le temblaban las piernas. Nunca había sentido un miedo igual. En las cristaleras se agolpaban todos los niños. Muy divertido. Una de dibujos animados. Cabrones.

La rubia con dotes de mando apareció por fin, lo llevó al interior de la casa y le ofreció algo para reanimarse. Sí, claro que tomaba un whisky.

—Tú y yo tenemos que hablar —le había dicho su madre a Oscarcito.

Durísima. Aquel criminal en potencia ni se dio por aludido. Salió corriendo con el ángel rubio a jugar a matar gente.

—¡Cosas de niños! —dijo ella—. Estarás acostumbrado.

—Sí. Me pasa casi todos los días. Cuando no es un caimán, es una serpiente boa.

Sonrió. Chica lista.

Le ofreció el baño para que se desmaquillase y se cambiase de ropa. Se lo agradeció. Hoy le pesaba de verdad el personaje. Tenía ganas de ver resbalar por los desagües aquella máscara pegajosa.

Cuando estaba en la ducha, oculto por la mampara, sintió que alguien abría la puerta y entraba. ¡Así que sí! Óscar y el ángel rubio venían a hacer pis. Salió de un brinco y se apresuró a echar el pestillo para que no pudiesen salir.

Lo miraron extrañados. ¿Quién era aquel invitado y qué hacía allí desnudo con aquella sonrisa siniestra?

—Sois dos niños muy malos, muy malos —dijo Pico con sorna, muy lentamente.

Lo reconocieron y rieron nerviosos. Había un tono inquietante en su forma de hablar. El payaso tenía la cara pálida, con restos de pintura blanca en las ojeras, y su pecho era peludo como el de un gorila.

—¿Sabéis lo que les pasa a los niños malos? ¿No lo sabéis?

Ahora Pico dejó de imitar a Jack Nicholson en el papel del Joker de Batman. Puso la voz solemne de Dios el día del juicio final.

—Pues los niños malos van al infierno.

Óscar y el ángel rubio soltaron una risita de espanto. Reían como ríen los niños malos poco antes de caer por la tapa del infierno.

Las cosas

Como espectador no era muy expresivo, ésa es la verdad, dijo la Televisión. Se sentaba ahí, en el sofá, con un vaso de whisky, y miraba con frialdad, como si sólo se le subiesen a la cabeza las piedras de hielo. Esa noche, no. Esa noche movió los labios al mismo tiempo que el personaje de la pantalla. Parecía estar en una sesión de doblaje. Y creo que no le gustó lo que dijo. Ni lo que vio. Hacía muecas, como quien se mira deforme en un espejo de feria y quiere acentuar la fealdad.

La Televisión, contra su costumbre, meditó durante unos segundos.

Bueno, reconozco que esta última observación mía está condicionada por lo sucedido.

No era de mucha lectura, dijo el Hamlet apoyado en la mesa de la sala. Por lo menos, no lo era en estos últimos años. Pero esa noche, esa noche vino hacia el estante y los libros nos dimos unos a otros con los codos en los riñones. Tocó varios lomos, pero al final me cogió a mí. Leyó de una tirada hasta la escena segunda del acto tercero. Me dejó marcado aquí, en la página donde se dice eso de *Let me be cruel, not unnatural*.

Más claro, agua, dijo el Vaso con voz ronca.

¿Por qué?, preguntó la Lámpara.

¿Cómo que por qué? Ahí está la explicación que buscan.

No seas tonto, replicó la Lámpara, que proyectaba sombras como cisnes negros. ¡Sea yo cruel pero jamás monstruoso! Para el caso, eso sirve lo mismo para un roto que para un descosido. Además, con todos los respetos para el amigo Hamlet, no es algo que un detective pueda presentar, en estos tiempos, como prueba ante un juez. Un verso sólo compromete a su autor, y ni siquiera. Lo único que él dejó escrito de su puño y letra fue una anotación para la señora de la limpieza: Por favor, déle un repaso al ventanal de la sala. No parece precisamente una despedida dramática.

Pues uno de los policías, el más gordo, tomó nota, dijo el Hamlet con timidez. Abrió por la marca y escribió en el cuaderno.

Pude leer lo que escribía, ironizó la Lámpara. *My tongue and soul in this be hypocrites*. Eso fue lo que anotó. Tu problema, amigo, es que uno encuentra lo que busca.

La chica fue muy lista, dijo el Cenicero con el orgullo característico de quien sabe de más. Borró todas las huellas. Incluso guardó en el bolso la colilla con carmín.

¡Ella no lo hizo!, gritó indignada la Televisión.

¿Cómo estás tan segura?, preguntó el Reloj de Pared. Nadie me había mirado nunca así. Con cara de mal epitafio, que diría el Hamlet.

Estaba furiosa, eso es todo, dijo la Tele-visión. Y luego añadió en voz baja: La conozco muy bien. Nunca lo haría. Nunca lo haría en la realidad...

El Reloj se rió como quien está de vuelta de todo.

Alguna vez la vimos disparar dentro de ti. ¿Por qué no lo iba a hacer ahora? Era tan peliculera en la vida real como en la pantalla. ¿Recordáis las escenas de amor ahí, en el sofá? ¡Rómpeme, cómeme, mátame!

Tú eres tonto, interrumpió la Televisión. No entiendes nada.

Yo soy realista, dijo el Reloj sin inmutarse. Todos nosotros sabemos lo que pasó. La gente, no. La gente tragará con lo que tú digas. Pero las cosas fueron como fueron. Ella tenía celos. Y tenía razón para tenerlos. Descubrió que la otra había estado aquí. La otra estaba en el aire. Fueron al dormitorio. Discutieron. Y había un arma. Ella sabía que en la mesilla había un arma. Disparó y lo mató. Como en la película. ¿Para qué engañarnos? Todos hemos oído lo que decía la Pistola.

Tienes toda la razón, asintió la Lámpara.

No vimos nada, dijo la Televisión. En realidad, no vimos nada.

¡Oímos y ya está!, gritó el Reloj.

¡No avasalles!, respondió irritada la Televisión.

Fuera llovía con percusión triste de serie negra. Por el ventanal escurrían lágrimas de neón.

El Reloj, dominante, midió el suspense. Luego habló con parsimonia.

Todos hemos escuchado lo que dijo la Pistola: ¡Fue ella, fue ella!

Pero entonces, con voz de ultratumba, desde el dormitorio, gritó la Oscuridad.

¡La Pistola es una cínica!

Todas las cosas quedaron expectantes, con el pulso del Reloj tamborileando en las sienes de la casa.

Cuando la chica corrió hacia él para abrazarlo, relató la Oscuridad, yo oí cómo la Pistola murmuraba: Si no llega a ser por mí, nunca te librarías de este cabrón.

Esperaban que el Hamlet dijese la última palabra. Pero él estaba mirando hacia el puerto. La sirena de un barco del Gran Sol saludaba al dios del día, como gallo de mar.

Dibujos animados

A las tortugas Ninja,
que enseñaron a mis hijos a decir:
"¡De puta madre!".

—Ven, Mary, éste es nuestro patrocinador
—dijo Thanks Danke con una sonrisa de oreja a
oreja—. El señor Mille Tausend.

Era más artificial que la sonrisa de un so-
brecargo de avión. Lo único natural era el color
blanco chimpancé de la palma de las manos.

—Hola, querida. Encantadora, Danke, tal
como la imaginé.

Yo había tenido una mañana fatal. Se quema-
ron las tostadas y peleé con Hahn Cock. Lo dejé
para siempre. Sólo me llevé las llaves del coche.

—Danke me dijo que ustedes querían fi-
nanciar una serie.

—Exactamente, querida.

—¿Le gustan los dibujos animados, señor
Tausend? —pregunté por preguntar.

—Son mi pasión, querida —dijo él con
sarcasmo.

—Si no me engaño, el protagonista tendrá
que pasar el día comiendo salchichas.

—Algo así. ¿A que es una buena idea?

—Salchichas de cerdo.

—Todas las salchichas del mundo, querida,
siempre que sean de cerdo. Del resto —dijo le-
vantando los dos pulgares—, ¡total libertad!

—Pagarán muy bien, Mary —terció Thanks.

—Seguro.

Pues así fue como nació Fat Fatty, el personaje más repugnante que conseguí imaginar. El interés de Mille Tausend por los dibujos animados no tenía nada de casual. Había aparecido en el mercado, con gran acogida, la nueva salchicha vegetal. El impacto de este producto no había sido ajeno al lanzamiento previo de la serie infantil protagonizada por Green Grun, quien se había convertido en un gran héroe en pocas semanas. Se podían ver carteles de Green Grun, pegatinas de Green Grun, insignias de Green Grun, muñecos de Green Grun, videojuegos de Green Grun y, por supuesto, las salchichas Green Grun. El patrocinador de la serie era Denaro Money, el tradicional enemigo de Mille Tausend. Aunque las empresas de televisión mantenían ese dato en secreto. Lo sé porque el guionista era Hanh Cock, mi ex amante. Tausend y Money competían en todo, pero especialmente en salchichas, cuadros y mujeres por este orden. Un día se insultaron en una subasta de arte en Sotheby's y tuvieron que separarlos los respectivos matones. Tausend iba acompañado por la ex mujer de Money, una ex modelo indonesia, y Money llevaba del brazo a la ex mujer de Tausend, una ex modelo jamaicana.

Gracias a Fat Fatty, un héroe asesino sin escrúpulos que fascinaba a los niños y que comía salchichas por docenas después de mear encima de los cadáveres y pintar en las paredes: "Muerte a los repollos", pude por fin comprar un ático con techo de cristal en un edificio inteligente construido en la Gran Manzana.

Una noche, jugando al ajedrez con mi ordenador, estalló una terrible tormenta. Nunca hasta entonces había experimentado lo que era el pánico. Salí al pasillo y cuando pulsé el mando del ascensor, escuché una voz impersonal, de azafata de aeropuerto.

—Lo siento mucho, señora, pero tengo problemas para funcionar.

También era un ascensor inteligente. La escalera de socorro, por su parte, me recomendó que no la utilizase. Su voz era más ronca que la del ascensor.

—Estimados inquilinos, en caso de tormenta eléctrica permanezcan en su vivienda —dijo otra voz, con ese inequívoco tono clínico de los que aterrorizan cuando pretenden tranquilizar.

Ya de vuelta en mi ático, constaté que, por fin, alguien había tomado una decisión inteligente. Se había cerrado la gigantesca bóveda del techo, liberándome del celeste fragor bélico. Pero ahora, en la cubierta metálica, el granizo repicaba con ira de ametralladora. Era superior a mis fuerzas. Allí estaba yo, indefensa ante el ataque inclemente del terrorista internacional por excelencia, eso que llaman Gaia, la pérfida Naturaleza, la maldita Madre Tierra, y justo en el corazón de la ciudad más urbana del mundo civilizado. Recordé, con una mezcla de rencor y morriña, a Hahn Cock. Era un tipo curtido. Llegó a salir en un anuncio de tabaco y había escrito una *Guía patriótica* para la infancia antes de dedicarse a los dibujos animados. Lo llamé, claro.

—Tranquila, querida. En diez minutos estoy ahí.

—Es un edificio inteligente. No sé si te dejará entrar.

—No te preocupes. Sé cómo tratar con esos cacharros.

Imaginé, por un instante, que Hahn llegaría volando, a caballo de un relámpago, y que caería ahí de frente, con una sonrisa de acero inoxidable. Me alegró una barbaridad escuchar el timbre muy poco después. Era Hahn, mi Hahn Cock. No pude evitar arrojarme en sus brazos. Pero él, después de manosearme con rudeza y de darme un beso animal, me tiró en el sofá violentamente.

—Puta. Quieres acabar conmigo.

—Pero ¿qué dices, Hahn?

—Ya sabes a qué me refiero.

Nunca lo había visto así. Tenía los ojos llenos de odio. Mi instinto me decía que no bromeaba. Parecía que había perdido totalmente el control.

—Te voy a matar, Mary.

—Cock, querido. Tú eres mi único amor.

—Ahora no se trata de eso, rata cachonda.

Me pareció un cumplido simpático, pero no era precisamente el momento de reír.

—Ya sabes a qué me refiero. Vas a tragarte todo esto tú solita. Una a una.

¡Cielo santo! Era un paquete superfamiliar de las salchichas de Fat Fatty.

—¿Sabes? Dicen que soy un fracasado y van a retirar la serie de Green Grun por culpa de tu grasiento y repugnante asesino meón mataberzas.

—Escucha, Cock.

—Nunca pensé que te ibas a vengar de esta forma, puta perversa.

—Escucha, Cock. ¡Odio a Fat Fatty!

—¿Qué?

—Sí, lo que oyes. Odio a ese cerdo seboso y lo mataré si tú me lo pides. No habrá más historias de Fat Fatty.

—¿Estás segura de lo que dices?

—Te lo juro, Cock.

Se fue tranquilizando. Luego nos besamos en el sofá y acabamos rodando por el suelo. Acabado el combate, nos sentamos relajados. Reparé en que ya no se escuchaban las balas en el techo y descorrí la bóveda.

—¡Ah, Mary, qué hermoso! —exclamó él con voz de John Wayne en la pradera y en noche estrellada.

—Gracias a Fat —dije de forma que no le resultase molesto.

Rió.

—Eres genial como guionista, Mary. Si te dejo, acabas conmigo.

Le dije que iba a preparar algo de cena para mi amor. Entré en la cocina y fui derecha a la nevera. Tenía un buen cargamento de salchichas Green Grun. Y también, en la despensa, unas cápsulas de veneno de efecto fulminante.

Una flor blanca
para los murciélagos

A Camilo Nogueira

El viejo acarició con rudeza al niño, pellizcándole en la piel de la nuca como a un perro de caza. Luego lo alzó por las costillas y lo dejó resbalar por la cripta oscura y maloliente de la cuba.

—Venga, Dani. ¡Duro con esa mierda!

El pequeño sujetaba un cubo de agua y una escoba de retama. Restregó las superficies lisas y después, a conciencia, azuzado por el viejo, las juntas de las tablas de roble y las partes más esquinadas, allí donde se fijan los posos, los restos de la pasada fermentación, como un liquen sucio y pútrido. Cuando el viejo, a una señal acordada, hizo mover la cuba, el chaval se sintió rodar por el intestino de un animal gigante y antiguo, de esos que dormitan en la imaginación de los bosques húmedos y frondosos y que, cosquilleados en la barriga, se voltean con parsimonia.

—Venga, Dani, ¡que no quede nada!

La escoba de arbusto rascaba la roña y el agua iba descubriendo la memoria del olor de la madera. Al principio había sentido un disparo avinagrado en la nariz. Al caer la tarde olfateaba las hendiduras y las muescas a la búsqueda de los últimos posos. Escuchaba el murmullo del viejo como una letanía de los antepasados: una pizca de mierda puede malograr la mejor cosecha. El del abuelo era un viñedo pequeño, Corpo Santo, no más de cien cepas, pero era una de las joyas del ribeiro de Avia, un bendito trozo de tierra que enorgullecía la estirpe. De allí salía un vino envidiado, el mejor amigo que uno puede encontrar.

—¡Dale, Dani! ¡Déjala como el culo de un ángel!

La patria del hombre es la infancia. El Señor les da a unos unas cualidades, y a otros, otras. Algunos las desarrollan y otros las echan a perder. A mí el Señor me dio una escoba de retama y una facultad innata para detectar la mierda. Puedo olerla a distancia y bien sabe Dios que, en lo que esté de mi parte, le daré un buen fregado allí donde se encuentre.

Les voy a contar ahora cómo funciona mi nariz. La lancha de vigilancia zigzagueaba entre las bateas* mejilloneras de la ría de Arousa. De repente, noto el picor característico, mi nariz se mueve como una brújula. Le hago una señal al piloto y la embarcación queda al ralentí. El mar está en calma y refunfuña al compás del motor. Todo el litoral es como una cenefa luminosa, verbenera. La Atlántida. Pero la tripulación escruta la mejillonera más próxima, como si hubiésemos llegado a un palafito fantasmagórico.

---

* Plataformas en las que se cría artificialmente el marisco, principalmente el mejillón. Se encuentran fondeadas sobre todo en las Rías Bajas gallegas. (*N. de la T.*)

—¡Ahora!

El potente foco de la lancha corta en dos la noche. Una bandada de gaviotas despierta indignada y comienza a insultarnos. Sobre la gran balsa van cobrando formas perezosas montones de algas y de gruesas cuerdas retornadas del mar con racimos de conchas. Más que mástiles, los troncos que tensan los cabos parecen supervivientes de un primitivo tendido eléctrico. Los ojos se desplazan siguiendo el foco. Hay una cabañuela de tablas con techumbre de retama seca. Cuelga, como pellejo plástico, un traje de aguas. Mi nariz aletea con fuerza a medida que el foco se desplaza hacia el extremo de la plataforma.

—¡Ahí, apunta ahí, Fandiño!

Salto de la lancha y brinco entre las traviesas. Para ser un tanque de flotación, la trampilla es demasiado grande, como de un submarino o algo así. Forcejeo con las manos, intentando abrirla, pero la nariz me pone en guardia. Les grito a los hombres para que se apresuren con la linterna y una palanca. Con un impulso sobre la herramienta, hago saltar la tapadera. ¡Mierda! El oscuro agujero empieza a escupir disparos compulsivamente y nos precipitamos sobre las traviesas. A un palmo de mi cara, el mar chapotea como un tonto feliz.

—Tu turno, Fandiño.

La voz de Fandiño retumba como la de un inmisericorde conserje del juicio final.

—¡Escuchad bien, hijos de la gran puta! ¡Ahí abajo hay miles de fanecas hambrientas deseando comer pichas de cadáveres frescos! ¡Fanecas comepollas! ¡Y cangrejos sacaojos! ¡Y pulpos chupahuevos! ¡Así que vais a salir cagando chispas y en pelota picada! ¿Escucháis, cabrones? ¡Vamos a meter toda la artillería por este agujero! ¿Habéis entendido? ¡No vais a tener ni esquela en los periódicos! ¡La familia se va a acordar de vosotros cada vez que abra una lata de conservas!

—Vale ya, gordo —le digo a Fandiño—. ¡Policía! ¡Un minuto!

No es preciso esperar.

—¿Y esto?

Por la trampilla asoma una figura increíblemente menuda. Tan menuda como un crío.

—¡Por los clavos de Cristo! —exclama Fandiño, separando el dedo del gatillo—. ¡Pero si es un crío!

El aparecido se tambalea al intentar apoyarse en los troncos, como si la fuerza de la luz del foco astillase sus piernas de bambú. Es tan flaco como una hoja de bacalao.

—¿Fuiste tú quien disparó?

—Tenía miedo. Mucho miedo, se... señor —dice tartamudeando.

Fandiño baja por la trampilla y vuelve a asomar rápidamente.

—¡Aquí hay *harina** para un millón de napias!

—¿Cómo te llamas? —le pregunto al chaval.

---

* Cocaína, en la jerga de los contrabandistas. *(N. de la T.)*

—Sebastião.

A veces hacen esto. Mientras no recogen la mercancía, dejan guardia en los flotadores. Hay robos entre ellos. Es el trabajo de los más pringados. Días y días allí metidos, como para volverse loco. Pero ¡coño!, no recuerdo nada parecido. ¡Éste es un niño!

—Bien, Sebastião, ¿sabes una cosa? Voy a hacer tu trabajo.

Mientras la lancha se va, allí me quedo yo, metido en el tanque. Tengo mucha paciencia. Veo cómo me crece la barba. Hasta que escucho el rezongar de un motor. Pongo a punto la pipa. Pero, de repente, mi nariz me dice que tengo que salir volando. Cuando consigo abrir la trampilla, la humareda apenas me deja ver. Empapada en gasóleo, la batea arde como una *queimada* en medio de la ría.

Fue la primera vez que escuché la carcajada de Don. Seguro que él no estaba allí, pero escuché su risotada. Se rió de mí muchas veces, y alguna en mis narices. La última vez, lo recuerdo muy bien, fue en el *Elefante Branco* de Lisboa. Me había vuelto a crecer la barba esperándole. Y estaba seguro de que en aquella ocasión por fin lo iba a fotografiar con otro Don llegado de América. Había trabajado durante semanas descifrando códigos, interpretando mensajes telefónicos, buscando el sentido de conversaciones absurdas. Fue una tontería, "Recuerdos a San Antonio de parte del elefante blanco", la que me dio la pista.

De repente me vi preguntando: "¿Cuándo carajo es el día de San Antonio?". Pero algo, alguien, le hizo cambiar de agenda. Y Don salió del *Elefante Branco* con una espectacular mulata. Pasaron junto a mi mesa, los dedos de él repicando la música en aquellas nalgas soberbias ante mis propias narices. Poco después, mi coche se salía de la autopista en dirección a Oporto. No funcionaron los frenos. Un trabajo de bricolaje.

Mi ambición siempre fue llegar con la escoba de retama hasta la mierda más alta. No es un trabajo fácil ni agradecido. Con frecuencia la encuentras donde menos te lo esperas. En los despachos de moqueta impecable. Incluso en el de algún superior. El hedor sale por debajo de la puerta, se expande por los pasillos y rezuma por las líneas telefónicas. Aguantas hasta que la peste se hace insoportable. Como el purín de los pozos negros.

—Me están vendiendo, jefe. Aquí hay algo que huele mal, muy mal.

—¿Qué está insinuando?

—Bueno, no se trata precisamente de mis calcetines.

—Por esta vez no he oído nada. Cambio de destino. Y, ¿quiere un consejo? Relájese.

Unas veces se gana y otras se pierde. Hay que tomarlo con filosofía. Me pusieron ante una máquina de escribir y detrás de un mostrador. Fue como ingresar en Manos Unidas. Desde el primer momento, y en lo que a mí respecta, la gente siempre tuvo claro que tenía delante a un servidor público y no a un funcionario perezoso. La gente buena ha venido al mundo a joderse, la mala anda por ahí pisando fuerte. Puede que el Señor lo haya querido así para ponernos a prueba, pero por mi parte, y allí donde me encuentre, hago todo lo posible para equilibrar un poco la balanza. Hay casos dudosos pero el olfato, al final, no me falla.

Infancia desgraciada. Incomprensión paterna. Las malas compañías. La sociedad, etcétera.

Vale, le digo, pero te podría dar por ir a misa, ¿no?, en lugar de joder a la gente. Conozco a un muchacho que es campanero. El padre, borracho. La madre, ni se sabe. Él se levanta temprano todos los domingos y va a tocar las campanas. ¿Por qué no tocas tú también las campanas? Conozco a otro que es bizco y está especializado en parar penaltis. ¿Por qué no paras tú penaltis? Y hay otros muchos chavales que aman la naturaleza y se echan al monte a observar los milagros de la vida, un petirrojo y cosas así. ¿Sabes que hay flores blancas que abren de noche para los murciélagos?

Por otra parte, un mal pequeño puede causar un daño grave. Así que, primera regla: nunca minusvalores un caso. Siempre he procurado ser consecuente con este principio y me he labrado cierta reputación entre la mayoría silenciosa.

Por ejemplo.

Una viejecita se presenta en comisaría a las cuatro de la mañana. La ha traído un taxi hasta la puerta. Debió de ser una señora guapa. Viste un abrigo que seguramente resultó elegante hace cuarenta años, se apoya en un bastón y, aun así, al andar arrastra los pies como si el suelo estuviese cubierto de nieve. Por lo visto, ya es conocida entre los del servicio nocturno. Fandiño, el compañero de guardia, me hace el típico gesto del tornillo en la sien. Y a continuación se oculta tras la trinchera de denuncias no resueltas. Fandiño es un buen tipo, pero mucho más escéptico que yo respecto a las posibilidades de la virtud en el imperio del mal. Sobre todo desde que se casó y ha tenido que mantener a una familia. Ahora recuerdo con nostalgia nuestros tiempos de acción en la ría, cuando su voz poderosa resultaba más útil que un cañón humeante. Metido en la oficina, no era más que un gordo somnoliento. Sin mediar palabra, la viejecita golpea con el bastón en el mostrador. Diría que unos hermosos ojos azules si no estuvieran desorbitados, con el esmalte cascado, y hundidos en dos pozos oscuros.

—¿En qué puedo servirle, señora? —le digo con mi mejor sonrisa.

Dejó el bastón con empuñadura de caballo sobre el mostrador y buscó un pañuelo en el bolso. Ahora lloraba. Los ojos recuperaron el brillo perdido. Las lágrimas son el mejor colirio del mundo. Sus larguísimas manos temblaban como esqueletos de garza bajo la lluvia.

Bien, yo no soy de esos que dicen: tranquilícese, señora. Si alguien tiene que estar nervioso, qué mejor sitio que una comisaría. Una buena llorera le da un cierto orden al mundo, en la antesala de la sensatez.

—Me va a volver loca, va a acabar conmigo —dijo después de secarse las lágrimas y peinarse con los dedos.

—¿De qué se trata, señora?

—Usted parece buena persona, inspector.

—Lo soy, señora.

—Verá. Yo comprendo a la juventud.

—Me parece muy bien.

—Yo también fui alegre, ¿sabe? —dijo con una sonrisa melancólica.

—Estoy seguro de ello, señora.

—Verá. No consigo dormir. Tomo pastillas, Valium, Tranxilium... Todo eso. Pero ¡oh, Dios!, tengo la sensación de que él va a venir, de que sin que yo me dé cuenta fuerza la puerta, y que entra en mi habitación, y con ese horrible cuchillo de matar cerdos...

—¡Venga, señora, que no pasa nada!

—Usted no sabe lo terrible que es. Lo rematadamente malvado que es. Es, es...

—¿Quién, señora? —pregunto intrigado de verdad.

Volvía a tener la mirada fragmentada, quebrada, como un cristal después de una pedrada. Hizo un gesto para que me acercase y me susurró al oído.

—Toni. Toni Grief. ¡Quiere matarme, señor!

Busqué con la mirada a Fandiño, pero ya se había perdido en un crucigrama.

—Así que alguien quiere asesinarla y usted sabe quién es.

—¿No conoce a Toni Grief? No me diga que no conoce a Toni Grief. ¡Claro, así funciona la policía!

La voz de la anciana iba subiendo de volumen. Ahora estaba enojada. Se apoderó de nuevo del bastón y se diría que lo blandía de forma amenazadora. Volví a mirar hacia Fandiño. Me guiñó un ojo por encima de la trinchera. Para entonces, el bastón de la señora traqueteaba sobre el mostrador.

—¿Es que usted no ve la televisión? ¿Cómo piensa entonces encontrar a los criminales? ¿Por qué no tiene aquí un televisor? ¿De qué les sirven tantos papeles? ¿Para eso pagamos impuestos?

—Toni Grief —dijo Fandiño, molestándose por fin en echar una mano— es el de *Tiempo de crisantemos*. Una serie de mucho tomate.

—¿Sabe una cosa, señora? Si hay una clase de forajidos que odio —dije con vehemencia— es la de esos tipos que no dejan dormir a las ancianitas solitarias.

Mi interés la dejó confundida. Por la reacción de Fandiño, no debía de ser la primera vez que se presentaba en comisaría para denunciar el caso. Lo más probable es que, en las anteriores ocasiones, le hubiesen recomendado cambiar de canal.

—¿No tiene a nadie que la ayude? ¿No tiene hijos?

—Tengo un hijo pero ¿sabe usted?, siempre está muy ocupado.

—Le voy a decir lo que vamos a hacer. En primer lugar, formalizaremos una denuncia contra ese elemento, Toni Grief, y para eso es necesario cubrir este impreso. Usted dirá, con razón, qué coño de papel hay que cubrir cuando la vida está en juego, pero ya sabe que hay un montón de parásitos a los que los impresos les dan una razón para vivir. Una vez realizado este trámite, que justificará mi salida de esta madriguera, nos dirigimos a su domicilio y le ajustamos las cuentas a ese cabrón. Dígame, ¿qué le hace pensar que su vida está en peligro?

Por un momento pensé que la vieja iba a retornar a la sensatez. Suele ocurrir con la gente que pierde el juicio. Cuando te haces el loco con ellos, el instinto les hace recuperar la cordura. Es una ley física, como la de los vasos comunicantes. Pero, consternado, pronto comprendí que esta vez no iba a funcionar. La vieja me miró feliz. Por fin había encontrado un socio a la altura de las circunstancias.

—Mire usted, yo tenía a Toni Grief controlado. No soy una loca. Todo iba bien mientras estaba en pantalla. Lo odiaba porque es un tipo realmente asqueroso, pero como se odia al malo de las películas. Es cierto que lo insultaba y lo amenazaba con el bastón. Pero bueno, no hay mucha gente con quien hablar, ¿sabe? Y yo siempre he sido muy habladora. También les riño a los políticos en el telediario. Les llamo troleros, chupones y cosas así. Hay otros personajes que me caen simpáticos y les mando besos soplando en la palma de la mano. ¡Pero ese Grief! Creo que me pasé con los insultos, porque en los últimos capítulos me miraba. Iba a paso rápido por esas calles siniestras, con el viento silbando como un caballo loco y, de repente, se detuvo, la cara medio iluminada por una farola, y me miró fijamente con sus ojos inyectados en sangre.

—Supongamos que, efectivamente, la miró. Pero ese Toni Grief siguió su camino, ¿o no?

—Usted piensa que estoy loca. ¿Cree que no distingo el retintín?

Bien. Tenía razón al pensar que yo creía que estaba loca. Pero no era mi intención tomarle el pelo. Lo que pasa es que empezaba a estar un poco harto de ese mal bicho llamado Toni Grief.

—Señora, tenga la seguridad de que estoy dispuesto a llegar al fondo de este asunto —dije con toda la seriedad del mundo.

—Se estropeó el televisor.

—¿Cómo?

—Sí. Poco después de que Toni Grief clavase en mí su repulsiva mirada, la pantalla se llenó de rayas. Cambié de canal, pero nada. No había nadie con quien pasar la noche.

—Pues sí que es una casualidad.

—No es casualidad.

—¿Y eso cuándo fue, señora?

—Hace una semana. Pero verá, déjeme que le cuente. Aquella noche no dormí. Eché todos los cerrojos. Había una sombra rondando por la calle. Yo vivo en el tercero y la vi con estos ojos... Oí sus pasos con estos oídos. Al día siguiente, el televisor seguía averiado. Yo no puedo andar por ahí con un televisor a cuestas. Así que busqué en la guía un taller de reparaciones y llamé por teléfono para que viniesen a arreglarlo.

—¿Y su hijo? ¿Por qué no llamó a su hijo, señora? Los hijos están para eso, para un momento de apuro.

—Lo llamé —dijo en un tono triste, bajando la mirada—. Pero mi hijo está muy ocupado. Ni siquiera se pone al teléfono.

—¿Y arreglaron el aparato?

Pude ver un videoclip de espanto en los ojos de la vieja. Se había enredado en esta maldita madeja. Como diría mi abuela, que en paz descanse, se le había metido el sistema nervioso en la cabeza.

—Bien. Verá. Como le dije, llamé por teléfono al taller. Al poco rato sonó el timbre. Yo apreté el paso para abrir. Pero, cuando estaba a punto de abrir el cerrojo, tuve una corazonada. Y pregunté. Pregunté quién era.

Se quedó en silencio, mirándome. Buscaba mi protección. Me pedía que le siguiera el hilo.

—Era Toni Grief —dije con voz grave.

—Sí —dijo ella—. Contestó que era el del taller de reparaciones. "¿No ha llamado usted para arreglar una televisión?" Era su voz. Esa voz cínica, achulada. No había ninguna duda. Cuando comprobó que no le abría, se puso furioso. Aporreó la puerta y gritó: "¡Vieja chocha, ojalá te mueras!". Sí, era Toni Grief.

Creo que incluso Fandiño estaba impresionado.

—Volverá. Estoy segura de que volverá. Y esta vez echará la puerta abajo.

—Bien, señora. Vamos a hacer una cosa. Voy a coger mi abrigo y la acompaño a casa. Echaremos un vistazo. ¿Qué le parece?

—Usted es bueno. Me di cuenta desde el primer momento. Me dije: ése es un hombre bueno.

—Sí, soy bueno —murmuré mientras me ponía el abrigo.

El de la señora era un piso de la parte vieja, sobre el Berbés de los pescadores. Las escaleras crujían, pero merecía la pena llegar hasta allí. Desde el ventanal, la vista de la ría, de noche, el cinemascope de la luna sobre las islas Cíes le despertaría el sentido poético hasta a un traficante de armas. Era el lugar ideal para que dos enamorados galopasen por el mar hasta el amanecer.

—Es un bonito sitio para ser feliz, señora —le dije, buscando un interruptor en su cabeza.

—Venga, mire —respondió ella sin hacerme caso, indicándome la sala de estar.

Allí estaba el dichoso televisor, como en un altar, rodeado de piezas de un museo doméstico. Sobre tapetes de encaje de Camariñas, fotografías enmarcadas, candelabros, un reloj engarzado en una piedra de cuarzo, un gallo de Barcelos, un hórreo de alpaca, un artístico porrón de Buño, un botafumeiro de plata, un Cristo de la Victoria, conchas de peregrino. En la pantalla, rayas, una continua interferencia.

—¿Ve usted? Así, durante una semana.

—Bien, señora, ahora usted va a descansar. Váyase a dormir tranquila. Yo velaré aquí.

No parecía segura. Seguramente pensaba que me largaría en cuanto la viese acostada. Así que decidí dar una señal.

—Si se presenta Toni Grief se va a llevar una desagradable sorpresa.

Abrí el ventanal, saqué la pistola y le disparé a la luna de las Cíes para ver si se desangraba.

—Así haremos con Toni Grief.

Aquello pareció convencerla y creo que ya dormía cuando llegó al final del pasillo. Yo, en cambio, por alguna razón, ahora me sentía desasosegado. Después de dedicar un cigarro a la salud de la ría, me senté en el sofá, frente al televisor, y esperé a que actuase como somnífero. Creo que ya estaba funcionando cuando mi nariz empezó a agitarse. Era un olor de baja intensidad, pero inquietante. La de la pantalla era ahora una luz de sala de autopsias que impregnaba toda la habitación. Por vez primera me fijé en las fotografías. Me levanté de un salto y las miré de cerca, una a una. Don con su madre. Don vestido de soldado. Don, sonriente, con autoridades. Don, más sonriente, al timón de su yate. Don con un trofeo, de corbata, en el medio de un equipo de fútbol. Don de niño, con traje de primera comunión.

A la señora le había sentado bien el sueño. Con el desayuno en la mesa, me miró con algo de zozobra.

—Tiene que disculparme. Al llegar la noche pierdo la cabeza.

—No se preocupe. Sé lo que es la soledad.

Iba a pedirle un favor y sabía que no me lo podía negar. Quería que me acompañase a un sitio. Subimos al coche y fuimos bordeando la costa hasta Arousa. Ella se daba cuenta del destino, pero permaneció en silencio. Y tampoco dijo nada cuando tuvimos delante a Don, en el portalón de su pazo de Olinda.

—Cuide de su madre. Lo necesita.

Sé que nunca lo meteré en chirona. Pero me sentí tan bien como si le refregase las tripas con una escoba de retama.

La luz de la Yoko

El padre había perdido su trabajo. Se iban a otra ciudad. La última vez que el padre había dejado de fumar había sido el miércoles. Cogió la cajetilla de Lucky y la tiró al cubo de la basura. Después le escupió encima. Ahora era domingo y, mientras sostenía el volante con una mano, el cigarrillo de la boca buscaba tembloroso y ansioso la brasa eléctrica del mechero del coche.

En la radio se escuchaban los comentarios deportivos. El padre estaba preocupado por la suerte de un equipo y se puso a mover inquieto el dial. La madre también estaba preocupada por una corazonada: todos los demás coches venían en dirección contraria, lanzando destellos de advertencia en la ceniza gris de la carretera. A su lado, asegurada con los pies, llevaba una maceta con una azalea. En el asiento trasero, abrazado a Yoko, el niño miraba con angustia la evasión del día en la pantalla del automóvil, los rescoldos del sol en el vídeo indolente del horizonte. También él tenía un problema. Si no se daban prisa, si esa maldita ciudad no aparecía enseguida, perdería el capítulo de *Hell's Kingdom*.

El niño adoraba a Baby Devil, el pequeño Satán protagonista de la serie. Era capaz de dibujarlo idéntico y de memoria, con trazos muy rápidos. Lo hacía en cualquier papel que tuviera a mano, con tiza en el pavimento o con un palo en la arena de la playa. En la escuela que ahora dejaba atrás habían organizado para los niños un concurso de postales navideñas y él retrató a Baby Devil sobre el portal de Belén, sosteniendo una estrella con el tridente. No le dieron el premio, pero él ya sabía distinguir lo que era éxito de lo que no lo era. Todo el mundo habló de su postal.

—¿Serías capaz de dibujar algo que no fuese ese Baby Devil? —preguntó la profesora.

Gracias a Baby Devil, el niño había conseguido que dejasen de apodarlo Bola de Sebo. Dibujó un bebé dinosaurio de ojos grandes y tiernos.

—Me gusta. Es bonito —dijo la profesora—. ¿Me lo regalas?

Ella nunca lo supo, pero aquella criatura menuda que sonreía entre flores gigantes era también Baby Devil, porque entre los poderes del héroe se contaban, desde luego, los de ser invisible o transformarse en cualquier otro ser. Para ser exactos, Baby Devil comía almas como quien chupa un helado Camy Jet o se zampa una chocolatina Kit Kat o traga una bolsa de Pop Corn Star. No tenía que molestarse demasiado en deshacerse de sus enemigos. En el peor momento, cuando estaban a punto de estrangularlo con la trenza mortal de la Princesa Gélida o de desintegrarlo con el lanzador de rayos de la nada del Caballero Vacío, el pequeño Satán soltaba por los ojos sus proyectiles de lágrimas, del tamaño de una bala de la vieja Browning 22 que su padre llevaba debajo de la axila y neutralizaba los mandos sentimentales de los agresores, luego introducía una depresión en su *software* y finalmente les comía el alma. Ésa era una parte del programa especialmente emocionante pues cada alma tenía una forma sorprendente y un sabor exquisito, por perversos y nauseabundos que hubiesen sido sus antiguos dueños. Por ejemplo, la de la Princesa Gélida era un pez de almendra y la del Caballero Vacío una hoja de limonero frita en manteca de cisne. Como todos los héroes, Baby Devil quería llegar a algún lugar y para él ese reino misterioso era la confitería donde se fabricaban las almas, pero después de cada aventura, con las ansias multiplicadas por el efímero deleite, debía regresar junto a su envejecido padre, aquel hornero que no conseguía calentar los pies y que arrastraba un mortificante secreto. Él sabía dónde se encontraba la Suministradora Real de Almas, pero no quería enseñarle el camino a su hijo por miedo a perderlo para siempre.

—Ha ganado —dijo el padre con alegría, palmeando en el volante—. Ha ganado el Tirnanorg. Allí es a donde nosotros vamos.

—¿Por qué saldríamos tan tarde? —dijo la madre—. Siempre salimos tarde.

—¿Seguro que se ven todas las cadenas? —preguntó el niño con voz queda. Ya le habían dicho muchas veces que sí.

—Mañana tendremos que buscar un colegio —respondió la madre con un suspiro.

La noche esperó emboscada a que hubiesen pasado la gasolinera. Después el niño la vio enmascarada con un paño rojo, con las piernas colgando en el remolque de un tractor. La noche movió acompasadamente los pies como el péndulo de un reloj artesano y durmió al niño, que se quedó acurrucado en el asiento trasero, con la Yoko en el regazo.

Lo despertó el silencio con un soplo de aire fresco sobre los párpados y acariciándole fríamente las manos regordetas. Sudaba por todo el resto del cuerpo, pues estaba vestido encima de la cama, con una manta por encima y el chaquetón del padre en los pies. En el cielo de la habitación desconocida había una escalera de luz que nacía en la persiana entreabierta. Fue siguiendo los peldaños con los ojos hasta que decidió levantarse y acercarse a la ventana. Reconoció el coche familiar junto a la farola, con aquella cicatriz en el capó. En la valla próxima había un gran anuncio con un hombre con casco de minero y la cara tiznada, y con grandes letras que decían: "¿Qué no daría yo ahora por una Paddy?". Ésa era la cerveza que le gustaba a su padre. Abrió la puerta y fue tanteando por el corredor hasta acostumbrar los ojos. Encendió la luz y vio que estaba en la cocina, desnuda de cosas y fría, como si el espíritu de la nevera, abierta y vacía, deambulara vagaroso por la casa, posando su aliento en el brillo pálido de los azulejos y del aluminio. Lo único vivo, de una vida tan radiante como perpleja, era la planta de azalea encima de la mesa.

Otra puerta que abrió era la del cuarto de baño, y nada había que no hubiese sido ya visto, aquella desolación nocturna de laboratorio humano abandonado al sonido sordo de la cisterna, un murmullo, una vieja canción que enlazaba todas las viviendas, todas las ciudades conocidas, en la memoria del niño, como si en la noche hubiese un largo tubo subterráneo que comunicase aquel gorgoteo ronco de arrabal en arrabal, allá por donde ellos fuesen. Aquel manantial ciego tiró de él para mear y el niño, al levantar la tapa del váter, encontró, flotando en el agua como una vieja culpa, inútil ocultación devuelta siempre por el sumidero, la colilla del cigarrillo del padre y las hebras deshilachadas del tabaco.

Después encontró el cuarto de ellos. Se quedó en la puerta, sin encender la luz, solamente mirando el bulto de sus padres en la cama, sintiéndolos respirar a un tiempo, en creciente intensidad. Notó los pies fríos en la baldosa, y tuvo la impresión de que por el pasillo se acercaba, en forma de corriente violácea y con sucios dientes amarillos, el fantasma de la nevera. Estuvo a punto de echar a correr hacia aquella cama. Siempre que los veía así, abrazados, le entraba el deseo de deslizarse entre ellos. Pero arrimó lentamente la puerta y se fue al lugar que faltaba.

El niño recorrió con la mirada las familiares bolsas del equipaje, tumbadas y de bruces en el suelo de la sala como gruesos y somnolientos animales de compañía envejecidos mudanza a mudanza. Allí, junto a ellas, protegida como un perrito, estaba la Yoko, con su lomo liso de gris metalizado. Buscó un enchufe y movió el mando para sintonizar las cadenas. ¿Qué hora sería? En la pantallita de la televisión portátil se sucedieron una persecución automovilística, un arrecife de coral poblado de peces de colores, una película en blanco y negro en la que un hombre amenazaba a otro: "Llévatela de aquí si no quieres que te la quite", y una carta de ajuste con música de gaita. Baby Devil, pensó el niño, estará con su padre, dormido en su regazo, mientras éste intenta inútilmente mantener los pies calientes y cura su nostalgia, como la polilla, mirando el corazón de las llamas.

Estaban cara a cara. La pequeña Yoko lamía de luz el rostro del niño, chispeaba en sus ojos, pero él notaba en la nuca el aliento frío del espíritu de la nevera. Sintió pasos. Enmarcada en la puerta, apareció la figura del padre, gigante esta vez, grande como nunca la había visto.

—¿Sabes qué hora es? —le gritó con enfado.

—No puedo dormir —tardó en responder el niño.

El padre se acercó despacio y acabó inclinado a su lado. El chaval seguía con los ojos clavados en la Yoko.

—¿No puedes dormir?

—No. Me desperté y no puedo dormir.

El padre posó su mano en la cabeza del niño y las llamaradas de la Yoko flamearon en la piel.

—¿Quieres venir a nuestra cama? —preguntó en voz baja.

—Sí —dijo el niño.

—¿Sabes cuántos años tienes? —dijo el padre ahora a la defensiva.

El niño no respondió. Parecía hechizado por algo que sucedía en la pantalla. El demonio canoso de rostro flaco mal afeitado acariciaba a Baby Devil con sus dedos huesudos y teñidos de nicotina. Después, apagaba la Yoko, cogía al niño en brazos y lo besaba con su hocico de púas.

La llegada de la sabiduría con el tiempo

A Luisón Pereiro

Aunque las hojas sean muchas, la raíz es sólo una.
A través de los mentirosos días de mi juventud mecí al sol mis hojas y mis flores.
Ahora puedo marchitarme en la verdad.

W. B. YEATS

La escoba de otoño barría con furia Temple Villas. Old M. cerró la cancela de su jardín de ortigas, aquel verde sombrío que lo irritaba como un pecado, pues le hacía decir: "Está bien, papá. Mañana arrancaré las malas hierbas para que retoñen tus siemprevivas. Sí, claro, ya veo cómo lucen los malditos rosales de la señora O'Leary." Así que echó el pasador como quien suelta el badajo de una campana y emprendió, sin aliento, la cuesta arriba, desenredando los pies entre las hilas ajadas del viento.

Había cambio de turno en la prisión de Arbour Hill. Old M. saludó al guardia señor Eyre, quien por lo visto era algo pariente por parte de los de Galway, y que tenía un hermano cura y otro también atravesado, un tal Bill, inquilino ahí mismo, eso había oído, lo que son las cosas, uno por dentro y otro por fuera. La cuestión es darse trabajo unos a otros.

Esperaba un evasivo gruñido de respuesta, pero el guardia señor Eyre lo miró con atención y luego dijo con el tono solemne de quien recita un viejo salmo:

"Aunque las hojas sean muchas, la raíz es sólo una".

También él reparó en el remolino de hojarasca, en aquella danza alocada del inquieto espantapájaros que vislumbra el invierno. Giraba al azar entre los prados, por el atrio de la iglesia que lindaba con la cárcel, y luego se alejaba, con un vuelo arrastrado de zancudo, por entre las lápidas del Cementerio de los Héroes, donde estaba el túmulo de los fusilados en 1917. Parte de las hojas se perdían por el camino, y volaban sueltas como gorriones desnortados.

"Sí, señor. La raíz es sólo una", repitió Old M., muy satisfecho de que el señor Eyre lo hubiese hecho partícipe de una observación de tanto calibre.

Ahora el señor Eyre miró aún más alto y sentenció con el peso en la voz: "Y la noche está al caer".

"Sí, la noche está al caer", asintió Old M., como si notara ya sus garras de gata en los hombros.

Sin más, el señor Eyre se metió en el coche y arrancó veloz. Y la noche toda, tal como él temía, cayó sobre Old M.

Él apuró el paso hacia Manor Street, buscando amparo en el bullicio, pero ya en la esquina, Options, la peluquería, sí señor, para perder la cabeza con la rubia esa que corta el pelo, de buena gana entraría, pero el barbero Mullen, esa lengua de navaja afilada, lo tenía atemorizado. Podía oírlo: "¿Sabéis? Old Orejas Grandes se pasó al otro lado, ¡je, je!" Fue lo que hizo con

Tom O'Grady, eso que es camionero, y él, Old M., riéndole la gracia para que no pensara que. Y es que cuando se refería a las peluqueras, el barbero Mullen se ponía un poco agresivo y chasqueaba la tijera tras la nuca del cliente como un amenazador milano metálico.

"¿Qué me dices del plumero de Tom? ¿Quién iba a pensarlo? Ya somos pocos, Old. El mundo lleno de gilipollas y todas las tías, todas, Old, esperando a que llegue un tío de verdad, un tío como tú y como yo, Old, con un par de cojones, y apretarlas así, contra la pared, con una polla que embista, nada de viento, Old, eso es lo que quiere una tía, Old, que le des caña y la dejes mansa, agotada, en su sitio, Old, eso es lo que quiere una tía."

Chic, chic, el pico asesino de la tijera.

Así que decidió no meterse en complicaciones y dirigirse directamente al pub Glimmer. Pero ya entonces notó que estaba encadenado en los pasos que había dejado en Arbour Hill, como en un grillete de viento. Y miró hacia atrás, y encontró a aquel perro flaco y orejudo, moteado de blanco y negro. Paró, y el perro también. Sus orejas, desde luego, eran largas, y colgaban como una bufanda. Anduvo otro poco, y el perro le siguió el paso. Old M. volvió a detenerse, y el perro hizo lo mismo. El animal le resultaba desconocido, pero esa extrañeza no parecía correspondida. Cuando lo llamó, de una forma tan impersonal como puede ser "ven, chucho, ven", lo acarició en la nuca. La piel era áspera como estropajo y parecía tan insensible como la sábana del forense. Para expresarle afecto tendría que darle una patadita en el hocico. Y eso fue lo que hizo.

El letrero de Glimmer pasó a ocupar el centro de su atención. Olvidó el perro y cruzó la calle esquivando luces.

A esa hora aún estaba solo en la barra. La blusa de Maggie dejaba transparentar la lencería de los senos. Le gustaba mucho aquella primera pinta de cerveza, cuando el local estaba tan desnudo de humos como la cabeza y las baladas parecían salir de un grifo de agua.

"Hace viento, ¿eh, Old?", dijo Maggie, cruzando los brazos justamente por donde él lo haría si pudiese.

"Sí que hace". Y añadió en un tono que a él mismo le resultó misterioso:

"Aunque las hojas sean muchas, la raíz es sólo una".

Maggie lo miró como si descifrara un enigma. Era algo más de lo que esperaba de Old M., metido siempre, como quien dice, en su propia sombra. Esas cosas se pagan con una sonrisa. Así que se echó sobre la barra, no sin antes mirar a ambos lados por si alguien acechaba, y acercó la cara, los ojos pícaros posados en él, talmente como mujer que va a avivar en la chimenea el fuego tibio de la turba.

"En los mentirosos días de mi juventud mecí mis flores al sol", dijo Maggie en un dulce suspiro.

Old M. sintió trepar las llamas desde la caldera de sus entrañas. Todos los años de monosílabos ardían ahora amontonados como hojarasca seca. El instante en que la cerveza pasa de una mano a otra, el lazo efímero de un billete o moneda, era todo lo que le unía a aquella mujer. Muchos años al otro lado de la barra, viendo, día a día, cómo cambiaba el pelo, el escote, el color de las uñas. Cada noche puso un anillo en aquellas manos, cuando iba a pagar.

Y ahora las pesas del reloj de pared del Glimmer movían el Universo.

Maggie se apartó con calma, como empujada por la misma gravedad que había tardado años en atraerla a su lado. La hiedra de la música, enredada en las volutas de las miradas perdidas. Si Old M. encontrase la palabra, le llamaría nostalgia al humo del Benson que se llevó a los labios. Como si aquel gesto de Maggie fuese de hada o huracán, cada cosa tenía un nuevo sentido, que alcanzaba también a aquello que le había sucedido en el pasado. Al avanzar, el reloj hacía visible un surco antiguo, donde brotaban todos los trastornos. El haber nacido, por ejemplo, había sido hasta hoy una cosa que le producía vergüenza, un acontecimiento excesivo. No se angustiaba, porque también eso sería exagerado, un problema añadido, pero procuraba evitar las cosas que le habían causado más vergüenzas.

Una vez sufrió una caída ante el mercado de patatas de Sraid San Micein. La acera estaba helada y Old M. resbaló y se cayó hacia atrás. Las patatas se salieron de la bolsa y rodaron por la calle como bolas de un billar manejado por el demonio. Evitó para siempre aquel lugar. Para él, así era el dolor de la vergüenza, semejante al del golpe de una caída en el hueso sacro. El mundo es un escenario donde la gente vigila para ver quién se cae de culo.

"Tócalos, Old", le había dicho la vendedora de tomates de Moore Street.

Y cuando lo hizo, ella gritando por todo lo alto: "No son pollas, Old. Por mucho que los toques no se van a poner duros."

Pero hoy, al salir del Glimmer, Old M. era otro hombre. Ni siquiera le molestó que el señor Morgan le preguntase si aquel perro que lo seguía era suyo.

"No, no es mío, señor Morgan".

"Parece que no comió desde el Año de la Peste. Deberías alimentarlo mejor, Old M."

"La verdad, señor Morgan, es que no es mío".

Y el maldito viejo sordo, dale que dale.

"Se lo van a comer las pulgas. A tu padre no le gustaría verlo así."

Old M. miró al perro y el perro lo miró a él. En otro momento, se habría deshecho en explicaciones. Pero, extrañamente, no notaba dolor en el hueso sacro. Una bocanada de viento vino en su ayuda.

"Sabe, señor Morgan, aunque las hojas sean muchas, la raíz es sólo una".

El anciano, pensativo y como intimidado por alguna cosa invisible, prestó atención por vez primera.

"Cierto, muchacho, cierto", dijo antes de perderse por el embudo de la noche.

"Eres flaco y feo", le dijo Old M. al perro cuando se quedaron solos. "¡Dios, qué flaco y qué feo y qué triste eres! Escucha, Orejas Grandes. Ahora Old va a tomar otra al Kavanaght y tú te irás por donde viniste, ¿de acuerdo? Pues venga, ¡largo!"

Se notó raro dando órdenes. Él nunca había tenido a quien dárselas y pensaba, además, que era mejor recibirlas. Toda la vergüenza de una orden le corresponde a quien la da. Se veía en el patio de un cuartel, en los tiempos de la instrucción militar, tirando de una mula. Y allí había un sargento que gritaba *¡Earthquake!*, el nombre del animal, y él, Old, daba un paso, se ponía firme y respondía: "¡Presente!".

Sintió un pinchazo como de alfiler en el hueso sacro.

"Venga, vete", le dijo al perro. Se encogió de hombros y entró en el Kavanaght.

"Escucha, Old", dijo Bruton, "todo lo que se dice sobre la carne de cerdo es una trola. ¿Sabes que la carne de cerdo es la mejor para el colesterol? ¿A que no lo sabías, Old?"

Bruton, John Bruton, hoy llevaba corbata y aligeraba el nudo cada vez que bebía un largo trago. Por lo que él sabía, Bruton no tenía ningún interés económico en el sector porcino, así que su entusiasmo merecía la máxima consideración.

"La verdad, señor Bruton, es que los estados de opinión no siempre se sostienen sobre una base, digamos razonable".

John Bruton hizo un gesto de recolocar la corbata y miró a Old M. con una chispa de curiosidad. Se había puesto a hablar con él, en primer lugar, porque no podía estar callado. Y en segundo lugar, porque en aquel momento no había nadie más a mano en la barra del Kavanaght.

"Exacto, Old. Me gusta eso que has dicho. Ahí quería yo llegar. La gente, simplemente, habla de oídas. Hablar por no estar callados. Sí, pero ¿quién te lo dijo? ¡Ah, no sé! ¡Vamos a ver! ¿Por qué la carne de cerdo es mala para el colesterol? ¡Hombre, es lo que se dice por ahí y siempre se ha dicho! Pues a ver ¿quién, cuándo y dónde lo demostró científicamente? Cientíiiiificamente. Ésa es la cuestión."

"Sí, señor Bruton. Todo es relativo. El general Grant, un suponer, el que venció a los sudistas en Estados Unidos, bebía todas las noches una botella. O más. Y fueron unos a quejarse al presidente Lincoln, a acusar a Grant de que era un borracho. Y entonces va Lincoln y les dice: 'Señores, quiero saber lo que bebe Grant para mandarles unas cuantas botellas de ésas a todos los demás generales'."

Bruton quedó sorprendido, como si estuviese desgranando la historia. Luego lanzó una estruendosa carcajada y palmeó en la espalda a Old M.

"¡Cojonuda, Old! ¡Esa historia es cojonuda! ¿De dónde sacaste esa historia? ¡Es muy buena!"

"He debido de leerla en algún sitio, no sé, me acordé ahora...".

La idea de Old M. con algo que leer en las manos pareció agrandar la sorpresa de Bruton. La imagen que de él tenía era la de un tipo gris y atontado, incapaz de enhebrar una frase con gracia.

"Está bien leer, Old. Lástima que... ¡Es cojonuda esa historia! Díganme qué bebe Grant para mandarles unas botellas al resto de los generales. ¡Jodidamente buena, Old!"

Acabó su pinta de cerveza, muy animado por el cuento, y llamó al *barman*. "¡Vamos a tomar otra, Old! ¡Invita Bruton!"

"Gracias, señor Bruton, es muy amable. Pero tengo que irme."

Era la primera vez que alguien, sin que mediara un favor especial, lo invitaba a una ronda. En otras circunstancias, habría aceptado enseguida. Le habría dado vergüenza decir que no, pensar que el señor Bruton se pudiese sentir molesto. No sabía por qué había decidido marcharse, pero pensó que era el momento y decidió hacerlo.

"Toma la última, Old, fuera hace mucho viento".

Una bandada de pájaros secos y mariposas muertas revoló en su cabeza. Decían: "Aunque las hojas sean muchas, la raíz es sólo una". Pero él calló. El señor Bruton se colgaría de la frase como de una percha y prolongaría la velada. Quizás, si no encontrase un eslabón apropiado, se sentiría humillado.

"Se lo agradezco mucho, señor Bruton. Con mucho gusto, y, si quiere, otro día me tomo esa pinta."

"Por supuesto, Old, eso está hecho".

"*Slán agat*, señor Bruton".

"*Slán abhaile*, Old".

El perro esperaba en la puerta y Old M. tuvo buen cuidado de no asustarlo. Ni siquiera refunfuñó. Al contrario, se dejó guiar. Bajaron por Manor Street y atajaron, a la altura del colegio de Standhope, por las casas del ayuntamiento. Las farolas proyectaban las dos sombras unidas en un mismo ser de seis patas y orejas larguísimas. Old M. rió. Era la primera vez que se reía de sí mismo y estaba feliz. Y la cómica sombra se volvió hacia él y dijo:

"Ahora puedo marchitarme en la verdad."

Ya en la casa de Temple Villas, abrió la cancela y le franqueó el paso al perro: "Tienes razón, papá, hasta por la noche lucen los rosales de la señora O'Leary".

Tras ellos, como una bandada de gorriones sorprendidos por la escoba del otoño, entraron todas las hojas secas.

Otros títulos de la Biblioteca Manuel Rivas

El lápiz del carpintero

En la cárcel de Santiago de Compostela, en plena Guerra civil, un pintor dibuja El Pórtico de la Gloria con un lápiz de carpintero, reflejando los rostros… y aún más, la desesperación de sus compañeros de presidio. Un guardián, su futuro asesino, lo observa todo.

El "lápiz" de Manuel Rivas hilvana una historia donde el amor logra vencer a la desesperanza.

Ella, maldita alma

Esta obra intimista acaba abriéndose al mundo como un Big Bang. Libro de relatos o novela polifónica, la escritura va localizando almas. Sus formas son tan asombrosas como humildes: un enjambre de abejas, el corcho de una botella de alcohólico, un loro anarquista, un muñeco de ventrílocuo que se enamora y habla francés a las campesinas: *Merci dame, la plus belle…*

Las llamadas perdidas

La memoria viaja sobre los hombros del lenguaje. Los recuerdos aquí no son pasado, son una reconstrucción de la vida por medio de las sensaciones y de una mirada táctil.

El impacto de las pérdidas hace tambalear la existencia cotidiana. Esa excitación, ese levantarse en la caída, es el punto de partida de este libro emocionante.

Estamos ante un realismo interior, donde golpean la conmoción y la sorpresa, pero que rechaza la convención de lo *mágico* como etiqueta limitadora. Al contrario, reclama más realidad: la que se oculta, esconde o se disfraza.

Pero son relatos, los de *Las llamadas perdidas*, que se rebelan contra la fatalidad. En ellos surgen siempre personajes que luchan, cuerpo a cuerpo, contra la adversidad y la tristeza. Se hacen fuertes con su brizna de esperanza, con sus puñetazos de humor e ironía.

R

658